बेस्टसेलर पुस्तक 'विचार नियम' के रचनाकार

सरश्री

गहरे ध्यान

चेतनता की शक्ति

Syllabus of Meditation

जो विचार आपकी चेतनता में प्रवेश पाते हैं, वे आपका अनुभव बनते हैं।

गहरे ध्यान
चेतनता की शक्ति
Syllabus of Meditation

by **Sirshree** Tejparkhi

प्रकाशक : वॉव पब्लिशिंग्ज् प्रा. लि., पुणे

ISBN : 978-93-87696-98-3

प्रथम आवृत्ति : सितंबर 2019

© Tejgyan Global Foundation
All Rights Reserved 2019.
Tejgyan Global Foundation is a charitable organization with its headquarters in Pune, India.

© सर्वाधिकार सुरक्षित

वॉव पब्लिशिंग्ज् प्रा. लि. द्वारा प्रकाशित यह पुस्तक इस शर्त पर विक्रय की जा रही है कि प्रकाशक की लिखित पूर्वानुमति के बिना इसे व्यावसायिक अथवा अन्य किसी भी रूप में उपयोग नहीं किया जा सकता। इसे पुनः प्रकाशित कर बेचा या किराए पर नहीं दिया जा सकता तथा जिल्दबंद या खुले किसी भी अन्य रूप में पाठकों के मध्य इसका परिचालन नहीं किया जा सकता। ये सभी शर्तें पुस्तक के खरीददार पर भी लागू होंगी। इस संदर्भ में सभी प्रकाशनाधिकार सुरक्षित हैं। इस पुस्तक का आंशिक रूप में पुनः प्रकाशन या पुनः प्रकाशनार्थ अपने रिकॉर्ड में सुरक्षित रखने, इसे पुनः प्रस्तुत करने की प्रति अपनाने, इसका अनूदित रूप तैयार करने अथवा इलेक्ट्रॉनिक, मैकेनिकल, फोटोकॉपी और रिकॉर्डिंग आदि किसी भी पद्धति से इसका उपयोग करने हेतु समस्त प्रकाशनाधिकार रखनेवाले अधिकारी तथा पुस्तक के प्रकाशक की पूर्वानुमति लेना अनिवार्य है।

Gehre Dhyan
Chetanta Ki Shakti
Syllabus of Meditation

एक बार शहीद भगत सिंह की माँ ने उनसे पूछा, 'तुम्हारी शादी की उम्र हो गई है शादी कब करोगे?' भगत सिंह ने जवाब दिया- 'माँ, मेरी शादी हो चुकी है।' माँ को आश्चर्य हुआ- 'हो चुकी है, कब, किससे?' भगत सिंह ने दृढ़तापूर्वक उत्तर दिया- 'आज़ादी से, मेरी शादी देश की आज़ादी से हो चुकी है।'

भगत सिंह को अपने जीवन का 'वाय' (WHY) यानी लक्ष्य स्पष्ट था। उन्हें आज़ादी पाने के लिए जीना था और इसी लक्ष्य के अनुरूप कार्य करने थे। फिर भले ही वे कितने ही तकलीफदेह हों। आज़ादी ही उनकी दुल्हन थी। यदि आपको यह मालूम है कि आपको ध्यान क्यों करना है, इसे करने से आपको क्या मिलेगा, कौन सा परमधन प्राप्त होगा तो आप हर बाधा को पार करते हुए इसे अवश्य करेंगे।

इसी पुसतक से...

प्रस्तुत ग्रंथ समर्पित है तपर्पण करनेवाले गृहस्थ को, जिसने ध्यान को व्यवहार में उतारकर संसारी लोगों के सामने उच्चतम आदर्श प्रस्तुत किया और उनके सामने सवाल छोड़ा-
'जब मैं संसार में रहते हुए जागृत हो सकता हूँ तो तुम क्यों नहीं?'

विषय सूची

स्टार्ट	**ध्यान को जान गहरा ज्ञान**...............	7
	विद्यार्थी, संसारी, खोजी और योगी	
अध्याय 1	**चेतनता की शक्ति और खज़ाना**...............	11
	ध्यान की समझ और पूर्व तैयारी	
अध्याय 2	**नई सोच बनाने का फार्मूला**...............	16
	नया विचार मंत्र	
अध्याय 3	**तपर्पण का त्रिकोण**...............	22
	ध्यान का अर्जित पुण्य	
अध्याय 4	**ए एम.एस.वाय. सहध्यान**...............	27
	ध्यान के समय शरीर रक्षा	
अध्याय 5	**स्वीकार, क्षमा, जाने दो सहध्यान**...............	31
	मन की सफाई	
अध्याय 6	**'दया' और 'संपूर्ण आकार' सहध्यान**...............	35
	बैर छोड़कर सबसे दोस्ती	
अध्याय 7	**'कृतज्ञता' सहध्यान**...............	40
	पाने के लिए नहीं, पाया है इसलिए कर्म करें	
अध्याय 8	**जीव, जगत और ईश्वर का संबंध**...............	45
	हू एम आय जे.के. ध्यान	
अध्याय 9	**हर पल तैयार रहने की कला**...............	50
	अघोषित ध्यान	

अध्याय 10	इच्छादानी द्वारा मुक्त रहने की कला........................	54
	प्रतीक्षा ध्यान	
अध्याय 11	अदृश्य को देखने का अभ्यास..................................	59
	अलख निरंजन ध्यान	
अध्याय 12	खाली क्षेत्र पहचानने की कला.................................	64
	स्पेस ध्यान	
अध्याय 13	कैवल्य, लय, शिथिलता का संगम.............................	69
	कैलाश ध्यान	

सारांश	ध्यान और तपर्पण...	77
	Syllabus of Meditation	

अध्याय 1	खुली आँखों से ध्यान...	79
	पहले भाग की ध्यान विधि	
अध्याय 2	साँसों के ध्यान..	82
	दूसरे भाग की ध्यान विधि	
अध्याय 3	जप साधना...	84
	तीसरे भाग की ध्यान विधि	
अध्याय 4	विचारों की समझ...	86
	चौथे भाग की ध्यान विधि	
अध्याय 5	इच्छाओं से आज़ादी...	89
	पाँचवें भाग की ध्यान विधि	
अध्याय 6	नेति-नेति ध्यान - मैं क्या नहीं हूँ?........................	91
	छठवें भाग की ध्यान विधि	
संपूर्ण ध्यान सूची	सर्वोत्तम 12 ध्यान-पाठ्यक्रम.................................	93
	Syllabus of Meditation	

स्टार्ट

ध्यान को जान गहरा ज्ञान

विद्यार्थी, संसारी, खोजी और योगी

'ध्यान', एक ऐसा विषय है जो प्राचीन काल के योगियों से लेकर आजकल के आधुनिक युवाओं के बीच हमेशा चर्चा का विषय रहा है। ध्यान को लेकर हर किसी की अपनी-अपनी मान्यताएँ हैं अतः इंसान की प्रवृत्ति और गुणों के साथ ध्यान के लक्ष्य भी बदल जाते हैं।

सत्य के उपासकों के लिए ध्यान उस परमस्रोत तक पहुँचने का मार्ग है, जिसे ईश्वर कहते हैं क्योंकि वेदशास्त्रों में उस स्रोत तक पहुँचने का मार्ग ध्यान ही बताया गया है।

विद्यार्थियों के बीच ध्यान 'मेडिटेशन' नाम से लोकप्रिय है। वे इसे अपनाने के लिए इसलिए तैयार हो जाते हैं क्योंकि गुगल उन्हें बताता है कि यह आपका फोकस, मैमोरी, एकाग्रता, संकल्पशक्ति (डिटर्मनेशन), एनर्जी बढ़ाएगा, जिससे आप पढ़ाई और करियर में सक्सेसफुल बनेंगे।

बढ़ती उम्र में जब लोगों को तनाव, हाई ब्लडप्रेशर, घबराहट (एंजायटी), अवसाद (डिप्रेशन) जैसी बीमारियाँ घेरने लगती हैं तब वे ध्यान की ओर मुड़ते हैं। क्योंकि उन्होंने सुना हुआ होता है कि ध्यान करने से ये सब बीमारियाँ ठीक हो जाती हैं, मानसिक शांति और आरोग्य प्राप्त होता है। साथ ही तेज़ी से दौड़ती उम्र की रफ्तार भी धीमी हो जाती है।

दुनियादारी में पिसता एक सामान्य इंसान अपने व्यस्त दिनचर्या से बमुश्किल समय निकाल इसलिए ध्यान के लिए बैठना शुरू करता है क्योंकि उसके जीवन की अप्रिय घटनाएँ उसे हिला देती हैं। उसे नकारात्मक विचार घेरे रखते हैं, चारों ओर अंधेरा ही अंधेरा दिख रहा होता है। वह अपने दुःखों के बोझ को कम करने के लिए और मन की शांति पाने के लिए ध्यान की शरण में आता है।

भगवान बुद्ध और महावीर स्वामी दोनों राजकुमार थे। उन्होंने ध्यान के वास्तविक उद्देश्य 'सत्य की खोज' के लिए समस्त राजसी सुख-सुविधाओं का त्याग कर, संन्यासियों की कठिन ज़िंदगी जी थी। जबकि कुछ संसारी लोग ध्यान की ओर इसलिए आकृष्ट होते हैं क्योंकि उन्होंने सुना होता है कि ध्यान करने से सिद्धियाँ मिलती हैं और सिद्धियों से वे जो चाहे पा सकते हैं। समस्त सुख-सुविधाएँ, धन, प्रतिष्ठा, यहाँ तक कि दूसरों को अपने वश में कर, मन-मुताबिक चला सकना... आदि। इस तरह वे स्वार्थ तत्पर होकर, लालच के वशिभूत ध्यान विधियों की प्रैक्टिस करना शुरू कर देते हैं।

वास्तव में ध्यान क्या है, इसका मूल लक्ष्य क्या है, इसकी क्या तकनीकें हैं, उनसे क्या लाभ होता है, इन सभी बातों को सूक्ष्मता से समझना आवश्यक है। तभी ध्यान का वास्तविक लक्ष्य प्राप्त होगा, आप ध्यान की मंज़िल पर पँहुचने से पूर्व ही किसी बीच के पड़ाव को मंज़िल मानकर रुकेंगे नहीं।

सामान्यतः ध्यान को तकनीक या एक क्रिया मानकर उसका अभ्यास किया जाता है। जबकि ध्यान कोई तकनीक या क्रिया नहीं है, जो आपकी एकाग्रता बढ़ाए, इच्छा शक्ति या स्मरण शक्ति बढ़ाए, आपके मन को शांत करे। ये सभी ध्यान से बोनस में मिलनेवाले लाभ अवश्य हैं लेकिन ध्यान का मूल लक्ष्य नहीं। ध्यान का आयाम बहुत विस्तृत है। **वास्तव में 'ध्यान' में उतरकर ध्यान हो जाना ध्यान है।** ध्यान वह स्त्रोत है जो गहरी नींद में भी जागृत रहता है, जो बेहोशी में भी होश में रहता है।

यह उस परम जागृति की अवस्था है, जिसमें आप अपने स्त्रोत (सेल्फ, स्वसाक्षी, परमचैतन्य) से जुड़कर वही और वहीं होकर वर्तमान में स्थापित होते हैं। ऐसा होने पर इंसान के भीतर का अहंकार विलीन होता है और स्वसाक्षी प्रकाशित होता है। जब ऐसा होता है तो मन स्वतः ही शांत होता है, मानसिक दुःख विलीन हो जाते हैं, एकाग्रता, स्मरणशक्ति, इच्छाशक्ति जैसे गुण स्वतः ही विकसित हो जाते हैं।

ध्यान की बहुत सी तकनीकें प्रचलित हैं, जिनका सहारा लेकर साधक ध्यान में गहरे उतरते हैं। जैसे साँसों के ध्यान, मंत्र जाप आदि। ये तकनीकें आपको ध्यान के लिए तैयार करती हैं लेकिन इन्हीं को ध्यान समझ लेना भ्रम है। जैसे आपको जब सोना होता है तो आप कुछ तैयारी करते हैं, बिस्तर तैयार करते हैं, लाइट ऑफ करते हैं, कमरे का वातावरण शांत करते हैं कि कहीं से कोई आवाज़ न आए। कुछ लोगों को धीमा संगीत सुनते हुए अच्छी नींद आती है इसलिए वे संगीत सुनते हैं। कुछ को सोने से पहले कुछ पढ़ना अच्छा लगता है। दरअसल ऐसे किसी तरीके से वे अपने बिखरे मन को इकट्ठा कर शांत करते हैं, जिसके फल स्वरूप नींद आने में आसानी होती है। ये सब तैयारी है नींद में जाने की मगर यह नींद नहीं है। इसी तरह ध्यान तकनीकें भी ध्यान की तैयारी हैं, ध्यान नहीं है।

तैयारी करते-करते, अभ्यास करते-करते, एक समय आता है, जब आप वास्तविक ध्यान की अवस्था में पहुँचते हैं। **ध्यान आँख बंद करके रहनेवाली और खोलते ही चली जानेवाली अवस्था नहीं है।** उसी अवस्था में जागृत रहकर जीना ध्यान है। जीवन अपनी गति से चलता रहेगा और आप स्वसाक्षी बन स्त्रोत से जुड़े हुए उस जीवन में अपनी भूमिका निभाते चले जाएँगे। ऐसा जीवन ही मानव जीवन की सार्थकता है, उसका कुल मूल लक्ष्य है। ध्यान की सही समझ देकर यह पुस्तक आपकी इसी लक्ष्य को प्राप्त करने में सहायता करेगी।

ध्यान तक पहुँचने की बहुत विधियाँ हैं। हर साधक अपने स्वभाव और तैयारी के अनुसार अलग-अलग विधि चुनता है, जो उसके लिए सहायक सिद्ध होती है। जैसे कोई साँसों का आलंबन लेकर ध्यान करता है तो कोई विचारों का। कोई दृष्टि (त्राटक विधि) का उपयोग करता है तो कोई नाम सिमरन में डूबकर ध्यान की उच्चतम अवस्था तक पहुँचता है। यहाँ पर किसी विधि के सही या गलत होने की बात नहीं है, हर वह विधि जो आपको ध्यान की गहराई में पहुँचा सके, आपके लिए सही है।

इस पुस्तक में आप ध्यान की समझ के साथ छः गहरी ध्यान विधियों और चार सहयोगी ध्यान के बारे में जानेंगे। इनके अलावा पूर्व प्रकाशित छः ध्यान विधियों का सार (यानी ध्यान का पूर्ण पाठ्यक्रम) प्राप्त करेंगे। आप किसी एक मुख्य विधि और किसी एक सहयोगी ध्यान को लेकर उस पर महीना भर कार्य करेंगे।

हर विधि के साथ आत्मवलोकन करें कि आपकी ध्यान दशा में उसने क्या योगदान दिया, उसका क्या असर हुआ। इस तरह से आप एक साल में अपने लिए बेहतर विधि तलाश कर, उसके सहयोग से ध्यान की गहराइयों में उतर सकते हैं।

तो आइए, इस ग्रंथ के साथ चेतनता की शक्ति और गहरे ध्यान का रहस्य खोलते हैं।

...सरश्री

अध्याय 1

चेतनता की शक्ति और खज़ाना

ध्यान की समझ और पूर्व तैयारी

आपने कस्तूरी मृग के बारे में तो सुना ही होगा। वह ऐसा हिरन होता है जिसकी नाभि में कस्तूरी छिपी होती है। कस्तूरी की भीनी-भीनी खुशबू उसके मन को भाति है। वह उसे पाने को व्याकुल होकर जंगल में भटकता रहता है क्योंकि वह इस राज़ को नहीं जानता कि जिस कस्तूरी की खोज में वह भटक रहा है, वह तो उसके भीतर ही छिपी है।

यही हाल इंसान का भी है। उसके जीवन की मूल चाहत प्रेम, आनंद, शांति, संतुष्टि, करुणा, विशालता है जिसे अध्यात्म में 'परमानंद' भी कहा गया है। यह परमानंद सदा रहनेवाली अवस्था है। यही उसका सच्चा खज़ाना है और यह खज़ाना उसके भीतर ही है। जिसे हम परमस्रोत या सेल्फ कहते हैं। उस परमस्रोत को खोजकर, उससे जुड़कर यह सदा रहनेवाला खज़ाना पाया जा सकता है। मगर कस्तूरी मृग की तरह इंसान भी इस रहस्य को नहीं समझता और उस परमानंद रूपी खज़ाने को बाहर की दुनिया में खोजता है। उसे लगता है यदि उसके पास महल जैसा बंगला हो, गाड़ी हो, नौकर-चाकर हो, अच्छा बैंक बैलेंस हो, समाज में मान-सम्मान, प्रतिष्ठा हो,

उसके बच्चे अच्छे से सेटल हो जाएँ, वह पूरी दुनिया घूमे तो उसे कायम रहनेवाली खुशी मिलेगी।

यदि यह बात सही है तो ज़रा उनसे पूछिए, जिनके पास ये सब सुख-सुविधाएँ हैं। वे लोग भी किसी न किसी बात को लेकर दुःखी और शिकायतें करते मिलेंगे। संसार में कुछ ऐसे सेलिब्रिटी हुए हैं, जिनके पास सब कुछ था, पूरी दुनिया उनकी दीवानी थी, फिर भी उनका अंत शरीरहत्या से हुआ। सोचिए, सब कुछ पास होने पर भी वे कितने असंतुष्ट और व्यथित होंगे क्योंकि वे भीतर के खज़ाने से अनजान थे। जिसने वह भीतर का खज़ाना पा लिया, वह सूली पर चढ़कर भी मुस्कुराता है वरना सब कुछ होते हुए भी भिखारी समान रोता ही रहता है।

आपको इस खज़ाने की तलाश में कहीं दूर नहीं जाना है बल्कि अपने भीतर ही खो जाना है और भीतर खोकर पाने का मार्ग ही 'ध्यान' है। अतः ध्यान के महत्त्व को समझते हुए हमें इसे पूरी समझ के साथ अपनाना है।

दुःख और ध्यान का ३६ का आँकड़ा है

जिनके जीवन में दुःख और निराशा है, कम-से-कम उन्हें सच्चे ध्यान से अवश्य जुड़ना चाहिए क्योंकि यह वह मार्ग है, जो आपके झूठे दुःखों को तुरंत विलीन कर देगा। इसे कुछ यूँ समझें। यदि सच्चे ध्यान को एक नंबर दें और झूठे दुःखों को एक नंबर दें तो वे क्या होंगे? सच्चा ध्यान ३५ होगा और झूठे दुःख ३७ होंगे। ये दोनों जीवन में कभी साथ रह ही नहीं सकते। जहाँ सच्चा ध्यान होगा, वहाँ दुःख समाप्त हो जाएँगे। जानते हैं क्यों? क्योंकि ३५ और ३७ के बीच छत्तीस का आँकड़ा होता है।

खैर, यह तो एक चुटकुला था लेकिन सच्चा था। इसकी सच्चाई यह है कि जैसे-जैसे आप सच्चे ध्यान में आगे बढ़ते हैं, आप जीवन के झूठे दुःखों से तुरंत मुक्त होते जाते हैं। अब आप सोच सकते हैं, दुःख तो दुःख है, उसमें झूठा-सच्चा क्या है? तो इसे समझें। हमारे ज़्यादातर दुःख झूठे ही होते हैं, जिनका वास्तव में कोई अस्तित्व नहीं होता बस! हमारी सोच उन्हें जन्म देती है। उदाहरण के लिए पड़ोसी ने नई कार खरीदी या आपके सहकर्मी का प्रमोशन हो गया तो आपके भीतर दुःख जन्म लेता है, मन में बड़बड़ शुरू हो जाती है, 'सबके जीवन में कितना अच्छा चल रहा है, एक मैं ही हूँ किस्मत का मारा। काश! उसकी तरह मेरे भी कान्टैक्टस् होते तो मेरा भी प्रमोशन होता, मैं कार खरीदता, मैं ज़्यादा काबिल था, फिर भी प्रमोशन उसे दे दिया।'

इस तरह लोगों ने जीवन में अपनी गलत मान्यताओं के कारण खुद से ही न जाने कितने झूठे दुःख पाले हुए होते हैं। जैसे किसी की शादी नहीं हुई तो वह दुःखी, जिसकी शादी हुई बच्चे नहीं हुए, वह दुःखी। जिसके बच्चे हुए पर लड़का नहीं हुआ, वह इसलिए दुःखी। जिनका लड़का है मगर इंजीनियर नहीं बना इसलिए दुःखी। जिनका लड़का इंजीनियर बन गया मगर उसने घरवालों की मर्ज़ी के खिलाफ शादी कर ली वे इसलिए दुःखी। जिसने घरवालों की मर्ज़ी से शादी की मगर बहू सेवा नहीं करती इसलिए वे दुःखी।

कहने का अर्थ कुछ न कुछ दुःख हम खुद से बनाकर रखते हैं और यही दुःख झूठे दुःख हैं, जो कुदरत ने नहीं दिए, हमने स्वयं क्रिएट किए हुए हैं। जैसे-जैसे सत्य और ध्यान की समझ जीवन में उतरती है, ध्यान का अभ्यास होता है, वैसे-वैसे झूठे दुःख तो तुरंत ही निकल जाते हैं। जो असली दुःख लगते हैं वे भी अध्यात्म की सही समझ मिलने पर और ध्यान द्वारा स्रोत से जुड़कर समाप्त हो जाते हैं।

ध्यान की ज़रूरत चेतनता तक पहुँचें

यह सत्य है कि जब जीवन में सब कुछ अच्छा चल रहा हो तब सत्य की राह पर चलने या ध्यान साधना करने की तीव्र उत्कंठा महसूस नहीं होती। जीवन में सब अच्छा चलते हुए सिर्फ एक ही बात ध्यान से जोड़ सकती है और वह है 'सत्य की प्यास'। जिन्हें न सत्य की प्यास है, न ही जीवन में परेशानियाँ आ रही हैं, वे माया में ही मगन रहते हैं, ध्यान मार्ग पर आगे नहीं बढ़ते।

जिसे ध्यान का आनंद मिला, उसे इसकी आवश्यकता और फायदे नज़र आते हैं। अतः वह अपने प्रियजनों को भी इससे जोड़ना चाहता है मगर इस बात से हैरान होता रहता है कि इतना समझाने के बाद भी, अपना अनुभव बताने के बाद भी, वे लोग सत्य (ध्यान) से क्यों नहीं जुड़ते? 'हाँ-हाँ देखते हैं, आते हैं अगली बार।' हर बार उसे यही जवाब मिलता है और वह अगली बार कभी नहीं आती। इसका कारण यह है कि वे विचार उनकी चेतनता में प्रवेश नहीं करते, वे ऊपरी तौर पर ही आते-जाते रहते हैं। इसलिए वे हकीकत में फलित नहीं होते। विचार और हकीकत का चेतनता से क्या संबंध है, इसे एक एनॉलॉजी से समझते हैं-

किसी समंदर के किनारे फैली रेत पर कुछ छोटे मासूम बच्चे नग्न अवस्था में खेल रहे हैं। वे अपने खेल में इतने मस्त हैं कि कोई क्या कर रहा है या उन्हें देख रहा

है, इससे उन्हें कोई फर्क नहीं पड़ रहा है। वहीं कुछ दूरी पर एक छोटी सी चट्टान है। उस चट्टान से एक विचित्र सुनहरी आभा निकल रही है, जिसका प्रभाव कुछ दूर तक है। कुछ बच्चे खेलते-खेलते उस टीले के नज़दीक चले गए। अब जो भी बच्चा उस आभा के प्रभाव क्षेत्र में आता, एक चमत्कार होता। उसके शरीर पर स्वतः ही वस्त्र आ जाते। ऐसे वस्त्र जिससे वह बच्चा दूर से ही नज़र आने लगता। बच्चे अपने नए वस्त्रों को देखकर बड़े प्रसन्न हुए और वे भागकर आपकी गोद में आकर बैठ गए। जो बच्चे उस आभा के प्रभाव क्षेत्र में नहीं आए, वे वैसे ही नग्न अवस्था में रह गए।

अब इस कहानी में छिपे इशारे समझते हैं। वह चट्टान सेल्फ है यानी हमारे भीतर का स्रोत और उससे निकलती हुई आभा है- उस स्त्रोत की 'चेतनता'। चेतनता सेल्फ का गुण (आभा) है। खेलनेवाले छोटे बच्चे हैं हमारे विचार जो इधर-उधर, चलते-फिरते, कूदते-फुदकते रहते हैं।

हम दिनभर में असंख्य विचार करते हैं लेकिन उनमें से कुछ ही विचार फलित होते हैं यानी वास्तविकता में बदलते हैं और ये वे विचार होते हैं, जो आपकी चेतनता में प्रवेश करते हैं। जैसे ही वे विचार चेतनता में आए, समझिए उन्हें कपड़े पहना दिए गए यानी वे मूर्तरूप में आ गए, हमारा वास्तविक अनुभव बन गए।

एक इंसान घर से ऑफिस के लिए निकल रहा था तो उसकी पत्नी ने उसे जाते हुए कहा कि आज ऑफिस से थोड़ा जल्दी निकलकर, लौटते हुए बाज़ार से फलाँ-फलाँ काम करते आना। उस इंसान ने हामी भरी और चला गया। जब वह ऑफिस पहुँचा तो उसके कुछ दोस्त ऑफिस से जल्दी निकलकर, पिक्चर जाने का प्रोग्राम बना रहे थे। वह भी पिक्चर देखने का शौकीन था तो वह भी उनके साथ जाने को तैयार हो गया। अब पूरे दिन उसके दिमाग में वही प्लॅनिंग चलती रही कि कैसे ऑफिस का काम फटाफट खत्म करके पिक्चर जाना है। अतः सब कुछ अच्छे से निपटाकर वह शाम को दोस्तों के साथ पिक्चर चला गया। ऐसे में वह पत्नी के बताए हुए काम भूल गया।

कारण यही है कि जिस विचार को हम बार-बार सोचते हैं, जिसे हम महत्त्व देते हैं, वह हमारी चेतनता में उतरता है और वही अनुभव में आता है। उस इंसान के दिमाग में लगातार पिक्चर जाने का विचार बना रहा, वह पूरा दिन वही सोचता रहा, उसी के लिए आयोजन करता रहा, अतः वह उसकी चेतनता तक जा पहुँचा। जबकि लौटते हुए बाज़ार से सामान लाने के विचार नग्न बच्चों की तरह ऊपरी तौर पर इधर-उधर घूमकर दिमाग से निकल गए।

यही सत्य है, जो विचार हमारी चेतनता तक नहीं पहुँचते, हम उन पर कोई एक्शन नहीं लेते। हम उन्हें बहुत जल्दी भूल जाते हैं। वे हमारा अनुभव नहीं बन पाते। यदि आप अपने अतीत पर मनन करें तो पाएँगे कि जीवन में आपने जो भी काम किए, जो भी अनुभव प्राप्त किए, वे कभी न कभी आपके विचारों के स्तर पर आए। उनके ऊपर आपने बहुत मनन-चिंतन किया, उन विचारों को अपनी पक्की सोच बना ली। फिर उन पर आपके द्वारा सहजता से कर्म हुए और वे हकीकत में तबदील हुए।

चेतनता से ही फीलिंग आती है

जब चेतनता में विचार पहुँचता है तो आपको उससे संबंधित फीलिंग आनी शुरू होती है। यानी आपके भीतर इतनी ज़बरदस्त फीलिंग आएगी कि आपका शरीर खुद-ब-खुद उस पर एक्शन लेने लगेगा।

जैसे एक माँ को अपने छोटे बच्चे की ज़रा सी आवाज़ गहरी नींद में भी सुनाई दे जाती है और वह तुरंत जाकर उसे अटेण्ड करती है। ऐसा इसलिए होता है क्योंकि माँ के चेतनता में बच्चे की देखभाल और सुरक्षा करने की बात उतर चुकी होती है। उसे इस बात के लिए न बार-बार स्वयं को याद दिलाना पड़ता है, न मोबाइल पर अलार्म या रिमाइन्डर लगाने पड़ते हैं। यह उसके भीतर से स्वतः ही होता है। ऐसे ही जो लोग रात को बार-बार गंभीरता से विचार करके सोते हैं कि 'सुबह उठकर फटाफट कुछ काम निपटाने हैं' तो उन्हें सुबह आँख खुलते ही तुरंत फीलिंग आती है कि 'चलो जल्दी उठो, अपना काम शुरू करो' और वे उठ ही जाते हैं। भले ही कितनी भी ठंड हो, कैसा भी वातावरण हो, रात को देर से सोए हों, वह फीलिंग उन्हें कुछ देर और लेटने ही नहीं देती।

कुछ लोग जो अपने व्यसन छोड़ पाते हैं, इसका यही कारण होता है कि उन्हें पहले व्यसन से मुक्त होने का विचार आया और उस विचार पर उन्होंने इतना ज़्यादा सोचा कि वे उनकी चेतनता में पहुँच गए। फिर सेल्फ से ही उन्हें व्यसन से दूर रहने की फीलिंग आती रही। जिसके फलस्वरूप व्यसन से मुक्ति का अनुभव उनकी गोद में आया। अगर वे विचार ही नहीं आए होते तो वह अनुभव भी नहीं बनता।

इसी तरह सत्य की प्यास, सत्य के विचारों को चेतनता तक पहुँचाने के लिए आपको एक फार्मूले पर कार्य करना होगा, जिसके बारे में आप अगले अध्याय में जानेंगे।

अध्याय
2

नई सोच बनाने का फार्मूला

नया विचार मंत्र

पिछले अध्याय में आपने यह रहस्य समझा कि आप जो पाना चाहते हैं, जीवन में जो अनुभव लेना चाहते हैं, उसके विचार आपको अपनी चेतनता में लाने होंगे, सहजता से नहीं तो जानबूझकर ही सही। यह कुदरत का नियम है कि जब तक कोई विचार हमारी चेतनता में नहीं आता, वह हकीकत नहीं बनता। अतः जान-बूझकर नई सोच को बार-बार दोहराना होगा कि 'बहुत रह लिया अज्ञान में, बहुत नादानियाँ कर लीं, अब मुझे मुक्त होना है। मेरी यही सोच है और मैं इस पर अवश्य चलनेवाला हूँ, यह अब मेरे लिए आसान है।' जब आपको यह १००% स्पष्ट हो जाएगा तो बहुत जल्द आप वैसे ही जीने लग जाएँगे।

नई सोच लाने का AASS फार्मूला

मनन कर पता करें कि परम मुक्ति के लिए आपको कौन सी सोच मदद करेगी? उस सोच को ग्रहण करने के लिए निश्चित क्या करना होगा? इसके लिए आपको AASS फार्मूले पर बड़ी कड़ाई से काम करना होगा क्योंकि इंसान पुरानी सोच आसानी से नहीं छोड़ पाता। विशेषतः उम्र बढ़ने के साथ बुजुर्ग लोग पुरानी सोच के

पक्के हो जाते हैं। जिन्हें बदलना उनके लिए मुश्किल होता है लेकिन प्रयासों से सब कुछ संभव है।

विचारों को चेतनता तक पहुँचाने का काम तो आप जाने-अनजाने कर ही रहे हैं। अधिकतर लोग डर, तकलीफों, नफरत के विचारों को दोहराते रहते हैं। उनके मन में बार-बार वही साइकिल चलती है। ज़रा सा कुछ बुरा हुआ नहीं कि उस पर सारा दिन इतना सोच लेते हैं कि दोबारा बढ़-चढ़कर घटना हकीकत का रूप ले लेती है। जैसा बच्चों के उदाहरण में बताया गया, उनके शरीर पर कपड़े आ गए तो कभी-कभी वे कपड़े चुभन देनेवाले भी होते हैं। जब वे आपकी गोद में आते हैं तो वे कपड़े आपको भी चुभते हैं। यानी कुछ ऐसे अनुभव आते हैं, जो आपको पसंद नहीं आते, जो आपको दर्द देकर जाते हैं। ऐसे में मनन करें कि वे कड़वे अनुभव किन नकारात्मक विचारों पर फोकस रखने के कारण आए। उन्हें स्वीकार करें और अपने अंतर्मन से जाने दें। न उनसे लड़ें, न ही उनका दमन करें बल्कि समझ के साथ उन्हें एक नई दिशा दें। ऐसी हर सोच बदलने के लिए नई सोच तैयार करें।

नई सोच धारण करने के लिए आपको AASS फार्मूले को अपनाना होगा। AASS में चार अल्फाबेट हैं, जिनमें प्रत्येक का एक अर्थ है। आइए, इन्हें समझते हैं।

A फॉर आयोजन -

जैसे आपके घर में कोई बर्थ-डे पार्टी है तो आप पहले आयोजन की योजना बनाते हैं, फिर उस पर अमल करते हैं। जैसे- पार्टी के लिए कौन सा हॉल होगा, कितने लोगों को आमंत्रित किया जाएगा, सजावट कैसी होगी, खाने-पीने में क्या-क्या व्यंजन होंगे, कौन से गेम्स खेले जाएँगे, रिटर्न गिफ्टस् क्या होगी... आदि। इसी तरह आपको अपनी या दूसरों की सोच बदलने का भी आयोजन करना है।

स्वयं के लिए अपने आस-पास, अपनी दिनचर्या में ऐसा आयोजन करें, जो आपको सत्य से जोड़े, आपके भीतर सत्य की प्यास जगाए। इसके लिए नियमित सत्य श्रवण, पठन, मनन करें और अपनी पुरानी सोच बदलें। साथ ही ऐसे लोगों के बीच ज़्यादा से ज़्यादा रहें, जो पहले से इस मार्ग पर अग्रसर हैं। उनका साथ आपको प्रेरणा देगा, उनके अनुभव आपके संशय दूर करेंगे।

सत्य संघ के साथ सत्य श्रवण करना बहुत आवश्यक है। सत्य श्रवण करते-

करते मन की नई प्रोग्रामिंग तैयार होती है। नए शब्दों के साथ, नए उदाहरणों के साथ समझ बढ़ती है। साथ ही जब लोग बताते हैं कि उनके सामने क्या-क्या समस्याएँ थीं और सिखावनियों को जीवन में उतारकर कैसे वे दु:खों से मुक्त हुए तो आपके भीतर भी मुक्ति की प्रार्थना उठती है। आपकी सोच बदलती है, 'अगर ये मुक्त हो सकते हैं तो मैं भी... इनके लिए संभव है तो मेरे लिए भी है।'

अपनी सोच बदलने की दिशा में आप अपने लिए रिमाइन्डर बना सकते हैं। कुछ ऐसी पंक्तियाँ कहीं लिखकर रख सकते हैं, जहाँ आप ज़्यादा बैठते हैं ताकि आपका फोकस बार-बार उन पर जाए। यह आयोजन बहुत जल्द ही रंग लाएगा।

A फॉर आश्चर्य –

दूसरा A आश्चर्य के लिए है। ईश्वर की बनाई सृष्टि आश्चर्य से भरपूर है। संसार में जो लीला चल रही है वही अपने आपमें महान आश्चर्य है। सभी एक ही एनर्जी से बने हैं, फिर भी कितने अलग-अलग रूप-रंग में विविध व्यवहार चल रहा है। पूरी सृष्टि कैसे एक-दूसरे से बँधी हुई है। सृष्टि का प्रत्येक तत्त्व दूसरे से लयबद्ध होकर चल रहा है। मगर इंसान इतना मशीनी तरीके से जीता है कि उसे किसी भी चीज़ पर आश्चर्य नहीं होता। वह देखता ही नहीं क्योंकि उसकी नज़रें कहीं रहती हैं तथा ध्यान कहीं और। बची-खुची कसर मोबाइल पूरी कर देता है। अधिकतर लोगों की नज़रें मोबाइल पर इस कदर टिकी रहती हैं कि वे संसार के आश्चर्य देख ही नहीं पाते। जो इंसान जितना सत्य के निकट होगा, वह उतना ही ईश्वर की रचना पर आश्चर्य करेगा।

किसी चीज़ पर आश्चर्य कैसे प्रकट करना है, यह छोटे बच्चों से सीखें। वे पेड़ के पत्ते पर पड़ी एक बूँद को कैसे देखते हैं? उसे छूकर कैसे मुस्करा उठते हैं। चिड़ियों, तितलियों के चह-चहाने से कैसे आनंदित होते हैं। वही इंसान, जो स्वयं को सर्वज्ञाता समझता है, ऐसे देखना भूल ही गया है। इसी कारण फूल का खिलना, सूर्य का उदय होना, चाँद-तारों का चमकना, सब कुछ इतनी खूबसूरती से रोज़ हमारे सामने घट रहा है मगर हम उसे देख ही नहीं रहे हैं।

ईश्वर की रचनाओं पर ध्यान देने से आपको छोटी-छोटी चीज़ों में भी आश्चर्य नज़र आएगा। आप हर जगह, हर छोटी चीज़ में भी उसकी उपस्थिति महसूस करेंगे। ऐसा भाव इंसान को उस रचनाकार के प्रति सराहना और कृतज्ञता से भर देगा। जिससे वह भी वर्तमान में उसी सौंदर्य में डूब जाना चाहेगा।

S फॉर सराहना-

फार्मूले का पहला S है सराहना के लिए। जब नज़रें आश्चर्य करना सीख जाती हैं तो सराहना स्वतः ही निकलने लगती है क्योंकि इस प्रकृति में हर पल हमारे आस-पास कुछ न कुछ आश्चर्यजनक घटित हो ही रहा है, जिसे देखकर हम 'वाह' कह उठेंगे। सराहना भक्ति का ऐसा तरीका है, जिसे करने पर हमारी सत्य के प्रति ग्रहणशीलता और कृतज्ञता बढ़ती है। हमें वर्तमान में प्रवेश मिलता है। उस वर्तमान में जो भूत, भविष्य और वर्तमान तीनों के पीछे है। एक वर्तमान वह क्षण, जो बहुत छोटा है और एक वर्तमान वह है जो अखंड, निरंतर और तीनों काल के पीछे है।

ईश्वर की सराहना करके, उसकी रचनाओं पर आश्चर्य करके आपका ध्यान आपको ऐसे ही अखंड वर्तमान में ले आता है, जो सदा उपस्थित है। इसी अवस्था से उस रचनाकार की सराहना में भजन, दोहे निकलते हैं और ध्यान की अवस्था तैयार होती है।

इस संसार में भक्त द्वारा अलग-अलग तरीके से ईश्वर की सराहना चल रही है। कोई दोहे, कविताएँ, कहानियाँ लिख रहा है तो कोई लोगों को सत्य के मार्ग पर चलने के लिए प्रेरित कर रहा है। किसी के लिए सत्य का आयोजन करने की सेवा भी उसी ईश्वर की सराहना है।

S- सोच बदलने की सेवा

फार्मूले का दूसरा S सोच बदलने की सेवा के लिए है। यदि आपकी किसी बात से, किसी कार्य से दूसरे की सोच बदलती है, उसके दुःख समाप्त होते हैं और वह सत्य की ओर उन्मुख होता है तो इससे बड़ी सेवा और कोई नहीं।

जैसे आपने अपने लिए सत्य का आयोजन किया, अब अपने प्रियजनों के लिए भी करें। उन्हें ऐसे कुछ मैसेज भेज सकते हैं या ऐसी कुछ बुक्स गिफ्ट कर सकते हैं, जो उनकी समझ बढ़ाने का कार्य करेंगी। उन्हें सत्य की याद दिलाकर, उनसे अपने आनंद के अनुभव शेअर कर सकते हैं।

जितने भी महान संत हुए हैं, उन्होंने बड़े पैमाने पर लोगों को सत्य से जोड़ने का कार्य किया। जैसे संत कबीर, गुरु नानक, चैतन्य महाप्रभु, संत ज्ञानेश्वर आदि। अपने परिवारवालों के घोर विरोध के बावजूद मीरा अपने राज्य में ऐसे आयोजन करती थीं

कि भक्त लोग, साधु-संत इकट्ठे होकर, साथ बैठते और भक्ति रस में डूब जाते, फिर चाहे वे किसी भी जाति के हों।

सत्य संघ के प्रभाव में आते ही लोगों की आभा स्वतः ही बदल जाती है। उनके बिना कुछ किए ही सामनेवाले की नकारात्मकता दूर होती है, उन पर सत्य का असर होने लगता है। अकसर लोग कहते हैं, 'फलाँ सत्य शिविर में जाकर अच्छा लगा, मन को शांति और सुकून मिला।' इन सबके बावजूद सबसे बड़ी सेवा यही होगी कि आप पहले स्वयं को रूपांतरित करें। आपका रूपांतरण देखकर लोग स्वयं ही सत्य से जुड़ने के लिए प्रेरित होंगे।

नए विचार का ज़रूरी मंत्र

आपको अपनी नई सोच में एक नया विचार ज़रूर सम्मिलित करना है– **'मेरा असर मेरे मनोशरीर यंत्र (MSY) पर हो लेकिन मेरे मनोशरीर यंत्र का असर मुझ पर न हो।'** यहाँ मनोशरीर यंत्र का अर्थ है आपका शरीर। सामान्यतः जब हम शरीर कहते हैं तो हमें सिर्फ अपना हाड़-मांस से बना स्थूल शरीर ही नज़र आता है। जबकि मनोशरीर यंत्र में आपका मन (माइंड) भी सम्मिलित है। मनयुक्त शरीर मनोशरीर यंत्र कहलाता है, जो सेल्फ का यंत्र है, जिसे वह अपनी मर्ज़ी और शक्ति से चला रहा है।

हम वास्तव में सेल्फ (चैतन्य) हैं लेकिन अपनी पहचान जोड़ लेते हैं इस यंत्र से। इसीलिए इस शरीर के दुःख हमें अपने दुःख लगने लगते हैं, हम उन्हें जीने लगते हैं। जब इस मनोशरीर यंत्र का मन कहे, 'आज मेरा मूड खराब है... दुनिया में कोई अच्छा नहीं... किसी को मेरी फिक्र नहीं' तो आप उसकी बात मानकर उदास हो जाते हैं। यदि मनोशरीर यंत्र कहे, 'मैं बहुत थका हूँ, फलाँ काम मेरे बस का नहीं है' तो आप उसकी बात मानकर थक-हारकर बैठ जाते हैं। जब मनोशरीर यंत्र कहे कि 'मुझे बड़ा दुःख है और इस गम को दूर करने के लिए शराब पीनी ज़रूरी है' तो आप उसकी बात मानकर व्यसन करने लग जाते हैं। इसका अर्थ हुआ आप उसके विचारों से, उसके इमोशन से चलते हैं। आपने खुद को उससे जोड़ा हुआ है इसलिए उसका असर आप पर होता है।

अब आपको इस सोच को बदलकर, बार-बार दोहराकर चेतनता तक पहुँचाना होगा कि *आप मनोशरीर यंत्र नहीं हैं, आप उससे अलग हैं।* इसलिए उसका कोई भी गलत असर आप पर नहीं होगा बल्कि आपकी चेतना का, आपकी सोच (जागृति)

का असर उस पर होगा। वह कुछ भी दुःख भुगते, कुछ भी कहे लेकिन आप उससे आज़ाद रहकर सेल्फ की कंपनी में आनंदित रहेंगे।

आपको सेल्फ के साथ रहते (एक) हुए अपने मनोशरीर यंत्र को सिखाना है कि उसके अंदर कैसे भी इमोशन चलते रहें, कुछ भी विचार उठते रहें मगर वह उन सबसे प्रभावित हुए बिना, अपने आनंद की अभिव्यक्ति करता रहेगा, AASS सेवा देता रहेगा। इसके बाद आप अपने मनोशरीर यंत्र को शाबाशी दें, 'शाबाश... वेल्डन... चलते रहो.... कुछ भी बीच में आते रहें, ध्यान रखो, ये सब अस्थाई है, यह पड़ाव गुज़र जाएगा, तुम अपनी यात्रा आनंद से जारी रखो।'

इस तरह आप देखेंगे कि इतने सालों से जो उलटा चलता रहा, वह सीधा हो गया। अब आपका असर आपके मनोशरीर यंत्र पर हो रहा है। वह सत्य की सेवा में लग गया है, दुःख-सुख के चक्र से ऊपर उठ, सदा प्रसन्न रहने लगा है। यदि ऐसी सोच चेतनता में डाल दी जाए तो यह आपका अनुभव बन जाएगा और जीवन में कुछ भी चलता रहे, आप उससे सहजता से आनंद से गुज़र जाएँगे।

यह रहस्य कुछ इस प्रकार है- जब तक आपकी सोच बदलने का आयोजन नहीं होगा तब तक आपके विचार चेतनता (आभा) तक नहीं जाएँगे। जब तक विचार चेतनता तक नहीं जाएँगे, आपकी सोच रूप नहीं लेगी। सोच तैयार होने के बाद आपके भीतर से फीलिंग उठेगी, फीलिंग से कर्म सहजता से हो जाएँगे, जो जीवन में नया परिणाम लाएँगे। ये ही अनुभव तो आप चाहते थे!

अध्याय 3

तपर्पण का त्रिकोण

ध्यान का अर्जित पुण्य

नई सोच धारण करने के बाद आप ध्यान यात्रा शुरू करने के लिए तैयार होते हैं। लेकिन यह यात्रा शुरू करने से पूर्व तपर्पण के त्रिकोण को समझना आवश्यक है। क्योंकि इसी त्रिकोण के अंदर रहकर हम ध्यान के उच्चतम लक्ष्य को पा सकते हैं और अपने जीवन के समस्त दुःखों को दूर कर, परमानंद की अवस्था प्राप्त कर सकते हैं।

तपर्पण का अर्थ

'तपर्पण' ध्यान का उच्चतम स्वरूप है। 'तपर्पण' दो शब्दों से मिलकर बना है- तप और अर्पण... अर्थात आपको अपने तप को दूसरों के लिए अर्पण करना है। सामान्यतः इंसान जो भी ध्यान, सेवा, भक्ति रूपी तप करता है, वह स्वयं की आध्यात्मिक उन्नति के लिए करता है। लेकिन 'तपर्पण' त्रिकोण में रहते हुए आपको वह तप जीव कल्याण के लिए, इस समस्त सृष्टि के लिए अर्पण करना है। तप के पीछे जो कुछ प्राप्त करने का अपना स्वार्थ है, उसे छोड़ना है। निःस्वार्थ भाव से दूसरों की मंगल कामना करते हुए उस तप का दान करने का संकल्प करना है। ऐसा करने से ध्यान, तपर्पण का रूप ले लेता है, जो महाध्यान है।

तपर्पण की समझ

तपर्पण के बारे में पढ़कर कुछ लोगों को लग सकता है कि इतनी मेहनत से ध्यान होता है और वह भी हम दूसरों को अर्पण कर दें तो हमारा क्या लाभ होगा? इसके जवाब में अध्यात्म की मूल समझ को ध्यान में रखें, जो कहती है- 'सब रब है, सब 'एक' (सेल्फ) ही हैं, उसके सिवाय यहाँ दूसरा कोई है ही नहीं यानी तप करनेवाला भी वही और जिसे अर्पण किया जा रहा है, वह भी वही है।'

इस संसार में आप किसी के लिए जो कुछ भी अच्छा कर रहे हैं, वह घूम-फिरकर आप तक आने ही वाला है। अगर आप किसी दूसरे के लिए कुछ बुरा कर रहे हैं तो वह भी घूम-फिरकर आप तक निश्चित ही आता है क्योंकि यहाँ कोई दूसरा है ही नहीं। 'एक' का 'एक' से ही सारा व्यवहार चल रहा है। वास्तव में दूसरों को कुछ अर्पण करने से आपकी अपनी ही उन्नति होती है। ऐसा करने से आपका अपना हृदय करुणामयी बनता है, शुद्ध होता है। आप निःस्वार्थ बनते हैं, आपमें समदृष्टि आती है। इस तरह से देखा जाए तो पाने से ज़्यादा देने से आध्यात्मिक विकास होता है। तपर्पण के महत्त्व को समझते हुए आइए, इसके त्रिकोण के तीनों कोनों को समझते हैं।

पहला कोना- ग्लोरी ऑफ ध्यान (ध्यान का गौरव)

यह ध्यान को ग्लोरिफाई करने का कोना है यानी हमें अपने ध्यान को गौरवशाली बनाना है। अपने तप को दूसरे के निमित्त अर्पण करने से ध्यान का गौरव बढ़ेगा। यदि 'ग्लोरी ऑफ ध्यान' (Glory Of Dhyan) का शॉर्ट फॉर्म देखा जाए तो GOD बनता है। दूसरों के निमित्त किया गया ध्यान गॉड (सेल्फ) तक पहुँचने का चैनल खोलता है। यह संसार जो थोड़ा-बहुत सँभला हुआ है, इतनी बुराइयों, पाप कर्मों के बाद भी स्थिर है तो केवल इसलिए क्योंकि विश्व में कुछ लोग हैं जो विश्व कल्याण के लिए तपर्पण कर रहे हैं। फिर चाहे वे अपने घरों में बैठे सात्विक लोग हों या एकांत प्रवास करनेवाले साधु-संन्यासी। ऐसे सभी लोग पूरे विश्व के लिए ध्यान, प्रार्थनाएँ, मंगल कामनाएँ कर रहे हैं। अपनी मानसिक तरंगों से पूरे विश्व को उच्च चेतना भेज रहे हैं।

उनके इस निःस्वार्थ सेवा कार्य में अब आपको भी शामिल होना है। इसके लिए तपर्पण की ज़रूरत है। साथ ही उसकी महिमा पर इतना मनन करें कि वह आपकी चेतनता में उतर जाए यानी आपके सबकॉन्शियस माइंड में गहराई से बैठ जाए। जो

बातें हमारे सबकॉन्शियस माइंड में बैठ जाती हैं, वे हमारी आदतों में शुमार हो जाती हैं और वे ही हमारा अनुभव बनती हैं। अर्थात! हमारे सामने प्रकट होती हैं। उन्हें करने के लिए हमें उन पर बार-बार ध्यान नहीं देना पड़ता। आपको ध्यान और तपर्पण को चेतनता के स्तर तक लेकर जाना है ताकि आपसे लोककल्याण हेतु स्वतः ही सही प्रतिसाद निकले। इस तरह आप अपने ध्यान को गौरवशाली बना पाएँगे।

दूसरा कोना- 'पॉवर ऑफ साइलेंस (मौन की शक्ति)

यदि आप विश्व के सफल व्यक्तियों का जीवन देखें तो उन सभी में एक बात समान थी। वे कुछ समय अपने लिए रखते थे, जिसमें वे केवल अपने साथ होते थे। उस समय वे बाकी दीन-दुनिया के विचारों से दूर रहते थे। मौन होकर वे सिर्फ खुद से जुड़ने का प्रयास करते थे और अपने अंदर की आवाज़ सुनते थे। इस तरह मौन के अभ्यास से उनके जीवन में सहजता आई, उनकी निर्णायक क्षमता और विवेकशीलता बढ़ी। जिससे उनके बाहरी और भीतरी जीवन में संतुलन स्थापित हुआ।

भले ही थोड़े समय के लिए सही मगर मौन में ज़रूर बैठना चाहिए। मौन में अद्‌भुत शक्ति है। उस समय इंसान को अपने भीतर से ही ईश्वरीय संदेश यानी डिवाइन गाइडन्स प्राप्त होता है क्योंकि मौन में हमारी चेतना हमसे संपर्क साधती है। जब हम बाहर की ओर मुड़ते हैं तो मन के लिए बहुत व्यवधान (डिस्ट्रॅक्शन) होते हैं। आजकल तो हर कोई सबसे बड़ा व्यवधान अपने हाथ में लिए घूम रहा है- मोबाइल। मन ज़रा सा खाली हुआ नहीं कि उँगलियाँ तुरंत मोबाइल पर नाचने लगती हैं। किसने क्या भेजा, कौन सी पिक्चर पोस्ट की, कोई नई ब्रेकिंग न्यूज आई क्या? बस! मन उलझ जाता है। ऐसे व्यवधानों के बीच हम सही बात नहीं पकड़ पाते, सही निर्णय पर नहीं पहुँच पाते। ऐसे व्यवधानों से परे होकर मौन में बैठने का अभ्यास करना ज़रूरी है ताकि हम स्वयं से जुड़ सकें।

यह एक तरह का अल्प वनवास है, जो लेना ज़रूरी है। उस वनवास में हमारी तैयारी होती है। श्रीराम को वनवास मिला तो वह उनके लिए दुःख नहीं बल्कि आगे की कार्ययोजना सफल बनाने के लिए (ट्रेनिंग पीरियड) था। हमें भी स्वयं के लिए ऐसे मौके पैदा करने हैं।

जो मानव देह का उच्चतम लक्ष्य पाना चाहते हैं, उनको छोटा सा ही सही मगर एकांतवास धारण करना होगा। बाकी दुनिया से कटकर कुछ क्षण अपने साथ रहते

हुए स्वयं से संवाद साधना होगा। भीतर की गहराई में उतरकर खुद से पूछना होगा- 'मैंने जो लक्ष्य निर्धारित किया है, क्या उसके लिए मैंने सही व्यवस्थाएँ की हैं? मैं जो देख रहा हूँ या मेरे चारों तरफ के वातावरण में मुझे ऐसे कौन से परिवर्तन लाने हैं, जो मुझे मेरे लक्ष्य प्राप्ति में मदद करें, न कि बाधित करें?' स्मरण रहे, मौन में ही विचार चेतनता में पहुँचते हैं, जो आगे चलकर अनुभव बनते हैं।

अपने एक-एक क्षण को अमूल्य समझें, उसे बेकार की बातों में नष्ट न करें। मौन की शक्ति को पहचानें और उसे धारण करें। तब आप पाएँगे कि कैसे सहजता से आप अपने भीतर के स्रोत से कनेक्ट हो पा रहे हैं और उसी से सीधा मार्गदर्शन ले रहे हैं। वरना बाहरी माया में तो व्यवधानों का कोई अंत ही नहीं।

तीसरा कोना- प्युरिटी ऑफ माइंड (मन की शुद्धता)

शुद्ध मन से किया गया ध्यान ही सार्थक होता है। जैसे-जैसे आप स्वार्थ से निःस्वार्थ होते जाते हैं, अपने तप दूसरों के कल्याण के लिए अर्पण करते जाते हैं, आपके मन की शुद्धता स्वतः ही बढ़ती जाती है। ये सब इतना स्पष्ट नज़र नहीं आता क्योंकि धीरे-धीरे होता है। लेकिन एक समय के बाद आप देखते हैं कि आपका तन, मन, बुद्धि... तीनों शुद्ध (पवित्र) होते जा रहे हैं। मन हर समय आनंदित रहने लगा है। हर कोई आपको अपना सा लगने लगा है। सभी के लिए आपके हृदय से प्रेम और करुणा छलकने लगी है।

दरअसल ध्यान का आरंभ तो इंसान व्यक्तिगत लाभ के लिए ही करता है। जैसे स्वास्थ्य प्राप्ति होना, तनाव दूर होना, शांति मिलना, सत्य की प्राप्ति होना आदि। मगर जैसे-जैसे वह तपर्पण की समझ के साथ ध्यान की गहराइयों में जाता है, उसका उद्देश्य बदल जाता है। उसके भाव, विचार, वाणी और क्रिया में शुद्धता आने लगती है। उसकी व्यक्तिगत और सीमित सोच, असीमित होकर अव्यक्तिगत बन जाती है। अब वह अपना ही नहीं, दूसरों का भी मंगल करने को तत्पर हो जाता है। ऐसा होने पर उसका ध्यान सार्थक होता है। इस तरह जितना साधक का मन शुद्ध होते जाता है, बुद्धि पवित्र होती है, उतना ही उसके ध्यान की गुणवत्ता बढ़ती है। उसके ध्यान में एक तरह की जादुई शक्ति आती है, जो उसके साथ-साथ संपूर्ण सृष्टि को लाभान्वित करती है।

तपर्पण की विधि

तपर्पण के महत्त्व को समझते हुए आइए, इसे करने की विधि समझते हैं। जब भी आप ध्यान करने बैठें तो पहले अपनी अवस्था को वर्तमान में रहकर देखें। सीधे और बिना तनाव के बैठें। कुछ साँसें धीरे-धीरे लें और फिर धीरे-धीरे ही छोड़ें। कुछ देर साँसों की लय-ताल के साथ आप शांत होते जाएँगे। आँखें बंद रखें।

ध्यान की इस पूर्व तैयारी के साथ मन में तपर्पण का संकल्प लें- 'अब मैं जो ध्यान करनेवाला हूँ, उसका जो भी पुण्य अर्जित होगा, वह मैं जीव कल्याण के लिए अर्पण करूँगा/करूँगी। मैं उसका तपर्पण करूँगा/करूँगी।' यह पवित्रता का, करुणा का भाव है। इस भाव के साथ अपना ध्यान शुरू करें।

ध्यान के अंत में जो पुण्य आपने अर्जित किया, उस तप का जो बल अर्जित किया, वह जीव कल्याण के लिए अर्पित करें। मन में भावना लाएँ कि विश्व के सारे जीव इस तप के बल का लाभ प्राप्त करें। आपके करुणामयी हृदय से निरंतर यही दुआ निकले। तपर्पण की मुद्रा में दोनों हाथों को ऐसे मिलाएँ जैसे सूर्य को या किसी पवित्र जगह जल को अर्पित करते हैं। ऐसा करने से अर्पित करने के भाव जागेंगे।

इस मुद्रा के साथ पूरे भाव से कहें- 'जो भी इस वक्त ध्यान हुआ, उससे अर्जित पुण्य को मैं गुरु को साक्षी रखकर पूरे विश्व कल्याण के लिए दान करता हूँ, उसका तपर्पण करता हूँ।' इस तरह धन्यवाद देते हुए ध्यान को समाप्त करें।

तपर्पण के लिए आप किसी भी ध्यान विधियों का आधार ले सकते हैं। मूल बात है, उसे करते हुए भाव तपर्पण के हों।

पुस्तक में आगे प्रत्येक माह की एक ध्यान विधि दी गई है। साथ ही कुछ सहयोगी ध्यान विधियाँ हैं, जिनका लाभ आप ध्यान को बेहतर बनाने के लिए ले सकते हैं।

अध्याय 4

ए.एम.एस.वाय. सहध्यान

ध्यान के समय शरीर रक्षा

पिछले ३ अध्यायों में आपने ध्यान की जिन पूर्व तैयारियों के बारे में सीखा, वे आपकी ध्यान की समझ को बढ़ाती हैं, आपके भीतर नई सोच विकसित करती है। साथ ही ध्यान के पीछे के भाव को शुद्ध करती हैं, जिससे आपका ध्यान महाध्यान बनता है, जो उच्चतम फल लाता है।

हर शरीर का अपना अलग स्वभाव होता है। उसी के अनुसार उनके अंदर ध्यान के अलग-अलग व्यवधान होते हैं। जैसे किसी का शरीर इतना चंचल होता है कि एक जगह टिककर बैठ ही नहीं पाता, किसी का शरीर टिककर बैठ पाता है तो मन पूरी दुनिया में भटकता-फिरता है। शरीर को तो ज़बरदस्ती स्थिर कर भी लें लेकिन मन को स्थिर रखना कठिन है। मन के लिए हमारे पूर्वजों ने कहा है- 'चलती पवन को वश में करना भी अपेक्षाकृत सरल है लेकिन मन इतना चंचल है कि उसको एक जगह पर स्थिर बिठाना बहुत कठिन कार्य है।'

कुछ लोगों के भीतर किसी के लिए या किसी घटना को लेकर इतनी कड़वाहट, नफरत या ग्लानि भरी रहती है कि जैसे ही वे ध्यान में बैठते हैं, सभी भाव और विचार

ऊपर आकर उन्हें बेचैन कर देते हैं। वे जितनी देर ध्यान में बैठते हैं वही-वही विचार आँखों के आगे किसी फिल्म की तरह चलते रहते हैं। वे ध्यान में बैठते तो हैं शांति पाने के लिए लेकिन उलटा बेचैन होकर उठते हैं। उनकी हार्टबीट बढ़ जाती है, साँसें फूलने लगती हैं। कारण दबे-छिपे नकारात्मक विचार साँप की तरह फन फैकालकर बाहर आ जाते हैं।

किसी को आँख बंद करते ही भय लगना शुरू हो जाता है। उसे लगता है- जैसे कोई पीछे से आकर उस पर हमला कर देगा या ऐसी ही कुछ और बात उसे तंग कर देती है। किसी को दुनियाभर के काम ध्यान के समय ही याद आते हैं।

ये कुछ उदाहरण हैं व्यवधानों के। अलग-अलग शरीरों के अलग-अलग व्यवधान होते हैं। ध्यान से पूर्व इन व्यवधानों पर कार्य कर, इनको दूर करना ज़रूरी है। पुस्तक के इस भाग में आप ऐसी ही कुछ सहयोगी ध्यान प्रणालियों को जानने जा रहे हैं, जो ध्यान से पहले आपको ध्यान के लिए तैयार होने में सहयोगी होंगी। इनको आप ध्यान से पूर्व भी कर सकते हैं और दिनभर में कभी भी कर सकते हैं। इन्हें करने से आपकी ध्यान करने की पात्रता बढ़ेगी। आपके मन को ठहरने की, वर्तमान में रहने की आदत पड़ेगी और आप सत्य के प्रति ग्रहणशील होंगे। आइए, पहले सहयोगी ध्यान की तकनीक देखते हैं।

१. ए एम.एस.वाय. ध्यान

इस ध्यान को करने से पहले आपको ए एम.एस.वाय. क्या है, यह समझना आवश्यक है। हमारा भौतिक शरीर- मन, बुद्धि और स्थूल शरीर से बना यंत्र है इसलिए इसे हम मनोशरीर यंत्र कह सकते हैं। इसे शॉर्ट में एम.एस.वाय. (MSY) भी कहा जा सकता है। इस एम.एस.वाय. (MSY) के भी दो रूप होते हैं। एक स्थूल या भौतिक रूप, जो हमें नज़र आता है, जिसे हम छू सकते हैं और दूसरा स्थूल शरीर के अंदर रहनेवाला सूक्ष्म शरीर, जो स्थूल शरीर का हू-ब-हू मानसिक प्रतिरूप होता है।

सूक्ष्म शरीर को आंतरिक शरीर भी कह सकते हैं। इसका महत्त्व और प्राथमिकता स्थूल शरीर से ज़्यादा होती है क्योंकि वह भौतिक शरीर त्यागने के बाद भी अस्तित्व में रहता है। अतः हम सुविधा के लिए प्राथमिकता के आधार पर स्थूल शरीर को बी एम.एस.वाय. और सूक्ष्म शरीर को ए एम.एस.वाय. कहकर संबोधित करेंगे।

भौतिक शरीर- बी एम.एस.वाय. ('B' MSY)

सूक्ष्म शरीर- ए एम.एस.वाय. ('A' MSY)

ए एम.एस.वाय. परिपूर्ण शरीर है। बी एम.एस.वाय. का कोई अंग दुर्घटनावश या अन्य किसी कारण से नष्ट हो सकता है, काम करना बंद कर सकता है मगर ए एम.एस.वाय. हमेशा पूर्ण और क्रियाशील रहता है। यह बहुत शक्तिशाली होता है। हमारे स्थूल शरीर में जब कोई रोग उत्पन्न होता है तो वह पहले ए एम.एस.वाय. शरीर के स्तर पर होता है, जिसे हम उसी स्तर पर ठीक भी कर सकते हैं। फिर वह रोग हमारी स्थूल शरीर यानी बी एम.एस.वाय. पर असर नहीं डालता।

हम ए एम.एस.वाय. से बात कर सकते हैं, उसे निर्देश दे सकते हैं। उससे प्रार्थनाएँ करके हम अपने स्थूल शरीर में आए रोगों को भी दूर कर सकते हैं। लेकिन यहाँ पर ध्यान की बात चल रही है अतः ध्यान के लिए ए एम.एस.वाय. हमें कैसे सहयोग कर सकता है, यह हम समझनेवाले हैं। इसके लिए हमें ध्यान से पहले अपने ए एम.एस.वाय. का आवाहन करना है और उसे अपने ध्यान क्षेत्र में आमंत्रित कर उससे प्रार्थनाएँ करनी हैं। यह कैसे करना है, आइए देखते हैं।

आमंत्रण दें – ए मेरे प्यारे दिव्य ए एम.एस.वाय., मैं आपको अपने ध्यान क्षेत्र में आमंत्रित करता/करती हूँ।

दावा करें – ए मेरे प्यारे दिव्य ए एम.एस.वाय., इस समय मैं सत्य का ध्यान करने के लिए बैठा हूँ। तुम यहाँ उपस्थित रहना और **मेरे इस कार्य में सहयोग करना।** मेरे शरीर को बाहरी व्यवधान से सुरक्षित रखना। तुम यह कर सकते हो, तुम में यह शक्ति है कि मुझे ही नहीं बल्कि सभी को ध्यान में मदद कर सकते हो।

सूचित करें – ए मेरे प्यारे दिव्य ए एम.एस.वाय. मेरे ध्यान क्षेत्र से बाहर जाने के बाद भी तुम मुझे मौन में रहने में मदद करना। तुम समर्पित होकर बैठोगे तो इसका असर बी एम.एस.वाय. पर भी होगा। हर चिंता को जो बी एम.एस.वाय. को लगी है, उसे दूर करो और समर्पित होकर बैठो।

निर्देश दें – ए मेरे प्यारे दिव्य ए एम.एस.वाय. **ध्यान के समय मेरे शरीर की रक्षा करना।** मेरे मन को ध्यान के लिए एकाग्र होने में मदद करना। **मेरे ध्यान में शक्ति देना** और ध्यान के लिए मेरे भावों को तैयार करना।

तुम सेल्फ का आइना बनना ताकि सेल्फ अपना दर्शन कर पाए, स्वयं को जान पाए। **ध्यान के दौरान तुम अडौल, अचल बनकर बैठना।** शरीर में कोई पीड़ा आए तो उन्हें दूर कर देना। गर्मी की वजह से, पेट खाली होने की वजह से या ज़्यादा भरे होने की वजह से, वातावरण की वजह से या अन्य किसी भी कारण से यदि कुछ अड़चनें महसूस हो रही हों तो तुम उन्हें दूर करना।

यदि तुम इस प्रकार मेरा सहयोग करोगे तो मेरे ध्यान को गहराइयाँ मिलेंगी।

धन्यवाद दें – ए मेरे प्यारे दिव्य ए एम.एस.वाय., मेरे ध्यान क्षेत्र में आने के लिए बहुत-बहुत धन्यवाद। इन सभी बातों को पूर्ण करने के लिए तुम्हारा बहुत-बहुत धन्यवाद। मेरे ध्यान क्षेत्र से बाहर जाने पर भी तुम प्रेम, आनंद, मौन के साथ यह कार्य करना जारी रखना। धन्यवाद... धन्यवाद... धन्यवाद।

इस प्रकार हर ध्यान से पूर्व यह सहयोगी ध्यान अवश्य करें और ध्यान को पूरी तरह निर्विघ्न और सफल बनाने के लिए अपने ए एम.एस.वाय. की शक्ति से सहयोग लें।

अध्याय 5

स्वीकार, क्षमा, जाने दो सहध्यान

मन की सफाई

यदि आप किसी बड़े बरतन में रंगीन पानी लें और उसमें कुछ कचरा जैसे कंकड़, मिट्टी आदि डालें, फिर उसको चलाकर छोड़ दें तो थोड़ी देर बाद क्या होगा? वह कचरा धीरे-धीरे बरतन की तलहटी में बैठ जाएगा। पानी के रंगीन होने के कारण नीचे जमा कचरा ऊपर नहीं दिखेगा और देखनेवाले को लगेगा पानी साफ है।

कुछ विचार हमारे लिए ऐसे ही कचरे का काम करते हैं, जो समय के साथ मन के पानी की तलहटी में जाकर बैठ जाते हैं। यह विचार किसी के प्रति घोर नफरत, गुस्से या ईर्ष्या आदि के हो सकते हैं या स्वयं के प्रति ग्लानि या अपराधबोध के भी हो सकते हैं। ये हमारे मन के अंदर की परतों के भीतर जम जाते हैं। न हम उनको भूल सकते हैं और न ही उनका सामना करना चाहते हैं। बस, उनको दबाए बैठे रहते हैं। ये ही विचार ध्यान में तो क्या हमारे जीवन में भी सबसे ज़्यादा व्यवधान डालते हैं। इनको जड़ से बाहर निकालना ज़रूरी है।

प्रस्तुत सहयोगी ध्यान आपके लिए यह कार्य करेगा। इसको ध्यान से पूर्व ही करें, यह ज़रूरी नहीं है। यह आप कभी भी कर सकते हैं। जब भी आपको ऐसा कोई

विचार सताए तो यह ध्यान करें। विशेषकर रात को सोने से पहले यह ध्यान करके सोएँ, जिससे कचरा अंदर जमा ही नहीं होगा और जो जमा हुआ है वह धीरे-धीरे निकलकर साफ हो जाएगा।

'स्वीकार- क्षमा माँगो, दो और जाने दो' ध्यान के तीन भाग हैं।

पहला- स्वीकार- सबसे पहले ऐसे किसी भी कचरे (विचारों) को ग्रेसफुली स्वीकार करना है, जो आपकी साधना में बाधा बनते हैं। न उनको दबाना है, न उनका विरोध करना है। उनका सामना करना है और वह भी साक्षी भाव से। क्योंकि वह आपके शरीर में चल रहा है, आपमें नहीं। नई सोच का मंत्र याद रखना है- 'मेरा असर मेरे शरीर पर हो, मेरे शरीर का असर मुझ पर न हो और विचार शरीर का हिस्सा है, आपका नहीं।'

दूसरा- क्षमा माँगो और दो- दूसरे भाग में हमें उस व्यक्ति को क्षमा करना है, जो उस विचार का कारण है। वह व्यक्ति कोई दूसरा भी हो सकता है और स्वयं आप भी हो सकते हैं। यदि आपसे कोई बड़ी गलती हो गई हो, जिसका अपराधबोध आपको सता रहा है तो आपको स्वयं को भी क्षमा करना है। अर्थात दूसरों की गलती पर उन्हें क्षमा करने और स्वयं की गलती पर क्षमा माँगने से आप मुक्त अवस्था का आनंद ले पाएँगे।

तीसरा- जाने दो- क्षमा करके आपको इन विचारों को अपने पास रोकना नहीं है, जाने देना है। कुदरत का नियम है, जिन बातों को आप ज़्यादा दोहराते हैं वही आपकी चेतनता यानी अंतर्मन तक पहुँचते हैं। अनचाहे विचारों पर बार-बार सोचकर, उन पर ज़्यादा ध्यान देकर आपने उन्हें अपनी चेतनता तक पहुँचा लिया था इसीलिए वे स्थाई रूप से टिके हुए थे। अब आपको उनके प्रति अपनी सोच बदलनी है। उनको समझ के साथ बाहर निकालना है और क्षमा करते हुए साक्षीभाव से बाहर का रास्ता दिखाना है।

इसे ऐसे समझें, आपका हाथ किसी अदृश्य रस्सी से बँधा हुआ है। वह आपको दिखाई नहीं दे रही है लेकिन आप उसका बंधन महसूस करते हैं। उसने आपकी कलाइयों पर निशान और ज़ख्म बना दिए हैं। आप चाहकर भी उससे छूटकर भाग नहीं पा रहे हैं। जब आप किसी विचार या घटना को स्वीकार करते हैं, समझें आपको वह बंधन नज़र आने लगा है। बंधन नज़र आने के बाद क्षमा करके, उस बंधन को

खोल दिया और खोलने के बाद उसको 'जाने दो' कहकर स्वयं से दूर फेंक दिया। इस तरह आप बंधन से मुक्त हो गए।

बेहतर तो यही है, जैसे ही कोई गलती हो तो तुरंत क्षमा कर दें या क्षमा माँगकर, बात खत्म कर दी जाए ताकि घटना से जुड़े नकारात्मक विचार हमारे मन में ठहरें ही नहीं। लेकिन बहुत सी घटनाओं में हमें बाद में समझ आता है कि हमसे गलती हुई थी और बहुत सी घटनाओं में हम सीधे क्षमा माँगने में सहज नहीं होते हैं। ऐसे में हम उनसे मन में क्षमा की लेन-देन कर सकते हैं।

आइए, इस ध्यान विधि को करने का तरीका समझते हैं-

'स्वीकार- क्षमा- जाने दो' ध्यान विधि

- अपनी आंखें बंद कर, शांत भाव से बैठें।
- उस घटना या व्यक्ति को सामने लाएँ जिससे जुड़ा विचार आपको परेशान कर रहा है।
- स्वयं से कहें- 'यह विचार या भावना अस्थाई है, हमेशा नहीं रहेगी। मेरे चिंतन ने ही इसे जमाया है और मैं ही इसे दूर कर सकता/सकती हूँ।'
- स्वयं से कहें- 'मैं इसको पूरी तरह स्वीकार करता/करती हूँ। यह मेरी ही अमानत थी जो मुझे मिली। हिसाब-किताब बराबर हुआ।'
- स्वयं से कहें- 'यह विचार या भावना मेरे शरीर के साथ जुड़ी है, मुझसे नहीं। मैं इस भावना से पूरी तरह मुक्त हूँ।'
- स्वयं को ये तीन सत्य बताकर स्वीकार भाव में आ जाएँ।
- आमंत्रण दें- प्यारे................... (उस इंसान का नाम, जिसे क्षमा करना है या जिससे क्षमा माँगनी है। यदि वह व्यक्ति आप स्वयं हैं तो स्वयं का नाम लें) के दिव्य स्वरूप मैं आपको अपने ध्यान क्षेत्र में आमंत्रित करता/करती हूँ।
- क्षमा करें- मैं ईश्वर को साक्षी रखकर आपको क्षमा करता/करती हूँ। मैं आपका आदर करता/करती हूँ और आपसे प्रेम करता/करती हूँ। मैंने आपको

शरीर समझकर व्यवहार किया, आपके अंदर की परमचेतना नहीं देखी, इसके लिए मैं क्षमाप्रार्थी हूँ। कृपया मुझे क्षमा करें।

- मैंने अपने भाव, विचार, वाणी और क्रिया से आपको जो भी दुःख पहुँचाया है, उसके लिए कृपया मुझे क्षमा करें।

धन्यवाद दें– मेरे ध्यान क्षेत्र में आने के लिए आपका बहुत-बहुत धन्यवाद। कृपया अब आप अपने स्थान पर वापस जाएँ। धन्यवाद… धन्यवाद… धन्यवाद…।

जाने दें– अपनी मुट्ठी बंद करें और धीरे-धीरे यह कहते हुए खोलें, मैं इस विचार को, इस भावना को छोड़ रहा/रही हूँ। मैं इसे अपने से जाने दे रहा/रही हूँ। जाने दो… जाने दो… जाने दो…। मेरे मन में आपके प्रति जो भी नफरत, शिकायत, अपराधबोध था, मैं उसे अपने मन से जाने दे रहा/रही हूँ।

- ईश्वर को धन्यवाद देते हुए कहें– मुझे इस विचार, इस भावना से मुक्त करने के लिए बहुत-बहुत धन्यवाद… धन्यवाद… धन्यवाद।

इस तरह आप अपने मन की तलहटी में जमे कचरे को स्वीकार की डंडी से ऊपर लाकर, क्षमा के झाड़ू से साफ कर, 'जाने दो' से बाहर निकाल फेंक सकते हैं। फिर भी कभी-कभी हम किसी व्यक्ति विशेष को क्षमा करने को तैयार नहीं होते। ऐसे में आपको खुद को याद दिलाना होगा कि यह कार्य आप अपनी मुक्ति के लिए कर रहे हैं, दूसरों के लिए नहीं। यदि आप अपनी मुक्ति से समझौता नहीं करना चाहते तो आपको क्षमा ध्यान करना ही होगा।

अध्याय 6

'दया' और 'संपूर्ण आकार' सहध्यान

बैर छोड़कर सबसे दोस्ती

एक इंसान ने अपने घर में बड़ा सुंदरसा बगीचा बनाया हुआ था। उसे सालभर के लिए विदेश जाना पड़ा। उसके पीछे रख-रखाव के अभाव में बगीचे के खूबसूरत पौधे सूख गए। सालभर के अंदर-अंदर वहाँ कंटीली झाड़ियाँ, जंगली पौधे उग आए। सालभर बाद जब वह इंसान लौटा तो बगीचा देखकर हैरान रह गया। उसने बड़ी मेहनत से वहाँ सफाई की और सब कचरा निकाल फेंका। उसका बगीचा पूरी तरह से साफ हो गया।

यहाँ तक का सफर आपने पिछले अध्याय के सहयोगी ध्यान में तय किया। क्षमा माँगकर और क्षमा करके पुरानी बातों को छोड़ना सीखा। समय के साथ अपने भीतर उग आए नकारात्मक विचारों की कंटीली झाड़ियों को बाहर निकाल हृदय की ज़मीन साफ कर ली। अब हमें इससे आगे बढ़ना है।

उस इंसान ने अपने बगीचे में पुनः हरियाली और रौनक लाने के लिए पहले ज़मीन को उपजाऊ बनाया, फिर उसमें फूलोंवाले नए पौधे लगाए और उनकी अच्छे से देखभाल करने लगा। साथ ही वह रोज़ाना बगीचे की सफाई भी करता रहता ताकि

दोबारा से कोई खरपतवार ना उग आए। समय के साथ पौधे बड़े हुए और बगीचा वापस हराभरा हो गया। सुंदर फूल खिले, जिन पर भौंरे गुंजार करने लगे, तितलियाँ मंडराने लगीं और पूरा वातावरण सुगंध से भर गया। बगीचे की सुगंध से उस घर के ही नहीं बल्कि आस-पास रहनेवाले लोग भी आनंदित रहने लगे। सभी सोचने लगे क्यों न अपने घर में भी ऐसा ही बगीचा बना लिया जाए। उसकी देखा-देखी बहुतों ने बनाना शुरू भी कर दिया।

अब आगे का काम आपको दया ध्यान द्वारा करना है। खाली हृदय की ज़मीन में दया, करुणा, समभावना, सद्भावना जैसे दिव्यगुणों के पौधे लगाने हैं। बीच-बीच में आनेवाले बुरे विचारों की सफाई भी करनी है। फिर देखिए, आपके जीवन की बगिया कैसे महकेगी! उसकी सुगंध आपको ही नहीं बल्कि आसपास रहनेवालों को भी मिलेगी। कोई कैसा भी हो, आपके हृदय से उसके लिए दया और करुणा के भाव ही उठेंगे।

इस पंक्ति के ज़रिए यह होना आसान होगा- **हम बंदे हैं सत्य के, माँगे सबकी खैर, अंदर से सबसे दोस्ती, नहीं किसी से बैर।**

बाहर से कुछ भी चलता रहे लेकिन भीतर से आपको सबसे दोस्ती रखनी है। विशेषकर उन सभी लोगों के लिए दया ध्यान करना है, जो आपको नकारात्मक नज़र आते हैं। जिनको आप पसंद नहीं करते या जिनमें आपको कमियाँ नज़र आती हैं, उन सभी को एक-एक करके अपनी आँखों के सामने (ध्यान क्षेत्र में) लाकर, दया ध्यान करें। यह आदत बना लें कि जिधर नज़र गई उधर नज़रों से दया, प्रेम, करुणा की ही किरण निकले। आपकी दृष्टि में ही सभी के लिए मंगल कामना, शुभ भावना समाहित हो जाए। जिस पर नज़र पड़ी, उसके लिए दिल से दुआएँ ही उठें। आपकी दृष्टि ही ध्यान बन जाए।

एक बॉस ने कर्मचारी को डाँटा क्योंकि वह अपना काम सही ढंग से नहीं कर रहा था। असल में बाहर से बॉस डाँट रहा था लेकिन भीतर से जानता था कि सामनेवाला कर्मचारी उसका दोस्त है, उसके अंदर भी पवित्र चेतना का वास है। अतः भीतर ही भीतर उसके प्रति दया साधना चल रही थी। इसी तरह बाहर अपने कर्तव्य के कारण आपको जो भी व्यवहार करना है, वह करें लेकिन भीतर से सामनेवाले को शुभ भावना भेजते रहें कि 'तुम पवित्र हो, तुम पावन हो, तुम ईश्वर के अंश हो, तुम्हारा

सदा मंगल हो, तुम्हारे भीतर ईश्वरीय गुण भरपूर भरे हुए हैं।'

इस अभ्यास से आप देखेंगे कि आपको किसी पर गुस्सा ही नहीं आएगा। आपके प्रतिसाद बदलने लगेंगे, मन की चिड़चिड़ाहट समाप्त होने लगेगी। आप भीतर ही भीतर शुद्ध, पवित्र, बुद्ध बनते जाएँगे। चेहरे पर एक अलग ही आभा आने लगेगी, सदा रहनेवाली मुस्कान बनी रहने लगेगी। दूसरे लोग भी बोलेंगे, 'अरे इसे क्या हो गया? पहले तो बड़ा चिड़चिड़ाता रहता था। अब तो बिलकुल बदल गया।' क्योंकि आपने भीतर से सबसे दोस्ती कर ली।

आइए, अब दया ध्यान विधि समझते हैं।

- यह ध्यान खुली आँखों से भी कर सकते हैं, बंद आँखों से भी।
- यदि आप कहीं जा रहे हैं, ऑफिस में हैं, रोड पर हैं, बाज़ार में हैं या घर पर... हरेक को हीलिंग की नज़र से देखें। सबके लिए मंगलकामना रखें। सब पर करुणा और प्रेम की दृष्टि रखें।
- भाव रखें कि आपका देखना सामनेवाले को स्वस्थ कर रहा है, उसकी चेतना बढ़ा रहा है, उसका मंगल कर रहा है।
- जिसके लिए मन में नकारात्मक भावना है, उसे ध्यान क्षेत्र में लाकर उस पर भी शुभ भावना, दया, करुणा की किरणें बरसाएँ।

उसके लिए मन में कहें– आप अच्छे हो, समर्थ हो, स्वस्थ हो, सत्य के राही हो।

- आप शुद्ध हो, बुद्ध हो, पवित्र हो, परफेक्ट हो।
- आप एकम् हो, तेजम् हो, ईश्वर का रूप हो।
- आपमें ईश्वरीय गुणों का विकास हो रहा है।
- आपके समस्त विकार मिट रहे हैं... इस तरह से सभी के लिए मंगल भावना भेजें।
- साथ ही अपने शरीर को भी प्यार से देखें। उसको भी दया, करुणा, प्रेम, हीलिंग दें। उसे धन्यवाद दें कि उसके होने से आप पृथ्वी पर कितना कुछ कर पा रहे हैं।

इस ध्यान से न सिर्फ आपका विकास होगा बल्कि आप अनुभव करेंगे कि सामनेवाला भी बदलने लगा है। वह बेहतर होता जा रहा है। सबके लिए वह अच्छा भले न हो मगर आपके लिए वह अच्छा हो गया है। यदि आप अपनी तरंगें बदल लें तो सामनेवाले की भी भावनाएँ (तरंगें) बदल जाएँगी।

संपूर्ण आकार ध्यान

यह ध्यान आपको देखने की कला सिखाएगा। अब आप सोचेंगे अगर आँखें सही सलामत हैं तो देखने में सीखनेवाली बात क्या है? इसे समझें। हम देखते तो हैं मगर कितना और क्या? क्या हम वही देखते हैं, जो सामने है या वह देखते हैं जो हमारा मन हमें दिखाता है?

कितनी बार ऐसा हुआ होगा कि आप पहली बार किसी रास्ते से गुज़र रहे हैं और आपके दिमाग में कुछ और ही खयाल चल रहे हैं। चलते हुए उस रास्ते पर आपकी नज़रें बहुत जगह या चीज़ों पर गई होंगी लेकिन क्या आपने वाकई उन चीज़ों को देखा? अगर आप देखी हुई चीज़ों की सूची बनाने बैठें तो यह निश्चित है २-४ से ज़्यादा नहीं लिख पाएँगे। क्योंकि हम देखकर भी नहीं देखते हैं।

कितने ही लोगों के साथ ऐसा भी होता है कि वे सालों से खुद को सही ढंग से नहीं देखते। फिर किसी दिन आइने के सामने खड़े होकर, तैयार हो रहे होते हैं और खुद को ध्यान से देखते हैं तब अचानक उनको झटका लगता है, 'अरे मेरा चेहरा ऐसा हो गया है, मेरे बाल सफेद होने लगे हैं, मैंने तो देखा ही नहीं।' जबकि शीशे के सामने वे रोज़ ही खड़े होते हैं।

संपूर्ण आकार ध्यान हमें देखने की कला सिखाता है। जो सामने है, उसे पूरा का पूरा और जैसे का तैसा देखने की कला, जो आँखें होने के बावजूद हमारे पास नहीं होतीं। आइए, इस ध्यान की विधि समझते हैं।

संपूर्ण आकार ध्यान विधि

- यह खुली आँखों से करनेवाला ध्यान है। अतः आँखें खोलकर शांत चित्त से बैठें।
- अपने हाथ की उँगली को आँखों के सामने इस तरह लाएँ कि आपको नाखून दिखाई दे।

- पहले कुछ क्षण सिर्फ नाखूनों को देखें और फिर धीरे-धीरे उसकी पूरी उँगली को देखें।
- अब कुछ क्षण सिर्फ पूरी उँगली को ही देखें और फिर उस पूरे पंजे को देखें।
- अब आपको पूरा पंजा दिख रहा है। थोड़ी देर बाद उस पंजे से जुड़े हाथ को देखें।
- हाथ के बाद उस हाथ से जुड़े शरीर को एक साथ देखें।
- अब शरीर जिस जगह बैठा है, उस स्थान को भी शरीर के साथ देखें।
- थोड़ी देर इसी अवस्था में बने रहें, इस समझ के साथ कि आप अपनी दृष्टि को विस्तार दे रहे हैं, एक साथ पूरा दृश्य देख रहे हैं। ऐसा अभ्यास करने से आप पाएँगे कि आपका ध्यान, एकाग्रता बढ़ रहा है। आप वर्तमान में आ रहे हैं। वह मन, जो कल्पनाओं और कलाबाज़ियों में व्यस्त था, वह एकाग्र होकर देखने पर आ गया।
- यह अभ्यास आप चलते-फिरते, घूमते हुए भी कर सकते हैं। जहाँ से भी गुज़र रहे हैं, जो भी दृश्य सामने आ रहा है, उसे पूरा एक साथ देखें। दृश्य की जिस चीज़ पर आपकी नज़र जाए, उसे पूरा देखें। जैसे पेड़ है तो सिर्फ पेड़ के पत्तों पर नहीं, पूरा पेड़ एक साथ देखें।

यह ध्यान आपको मुख्य ध्यान में बैठने के लिए तैयार करेगा। इससे आपकी सजगता और एकाग्रता बढ़ेगी। इसके फायदे आपको आम जीवन में भी दिखेंगे। कितनी बार ऐसा होता है कि आप कोई चीज़ एक खास दायरे में ही ढूँढ़ रहे होते हैं। क्योंकि आपको लगता है, वह वहीं आस-पास रखी है। यदि वह चीज़ थोड़ा अलग हटकर रखी होती है तो आप उसे देख नहीं पाते। क्योंकि आपकी नज़रें उसी संभावित जगह से बाहर नहीं निकल पातीं, जो आपके दिमाग में छपी है। वे उसे वहीं खोजती रहती हैं। घरों में तो ऐसा अकसर होता है कि सामने रखा हुआ सामान नहीं दिखता।

ऐसा इसलिए होता है क्योंकि हमें सामने दिख रहे दृश्य को टुकड़ों में देखने की आदत होती है। हमें इस आदत को तोड़ना है और संपूर्ण आकार ध्यान के साथ एक नया दृष्टिकोण विकसित करना है।

अध्याय
7

'कृतज्ञता' सहध्यान

पाने के लिए नहीं, पाया है इसलिए कर्म करें

एक पुराना प्रसिद्ध मंदिर था। उसकी सीढ़ियों के दोनों ओर भिखारी बैठा करते थे। हर किसी की अपनी एक तय जगह थी। कोई किसी और की जगह नहीं बैठता था। मंदिर में सुबह-सवेरे से लोगों का आना-जाना शुरू हो जाता था। सुबह से ही भिखारी अपनी-अपनी सीट पर जम जाते और रात तक वहीं बैठे रहते। मंदिर में काफी संख्या में श्रद्धालु आते थे। सभी भिखारियों को ठीक-ठाक गुज़ारे लायक भिक्षा मिल जाती थी।

एक दिन अचानक वहाँ बैठे एक भिखारी को उत्सुकताभरा विचार आया कि जिस चद्दर पर बैठकर वह भीख माँगता है, उसके नीचे क्या है? उसने चद्दर हटाकर देखा तो कुछ देर देखता ही रह गया। फिर वापस चद्दर ढककर उसने भीख माँगनी शुरू कर दी। उस दिन न जाने क्यों उसको रोज़ से ज़्यादा भीख मिली। उस चद्दर के नीचे क्या छिपा हुआ था, यह अभी रहस्य था।

अब तो वह रोज़ यही काम करने लगा था, भीख माँगने से पहले चद्दर उठाकर उसके नीचे झाँकता, फिर भीख माँगने के लिए बैठ जाता। ऐसा करने से उसको

ज़्यादा भीख मिलती। बाद में ऐसा होने लगा कि वह दिन के बीच-बीच में भी समय निकालकर चद्दर के नीचे झाँक लेता।

शाम होते-होते उसे रोज़ ही अच्छी खाँसी भीख मिलने लगी थी। इसलिए अब वह निश्चिंत हो गया था। उसका ब्रेक पीरियड भी बढ़ता जा रहा था। थोड़ी देर भीख माँगता, बीच-बीच में चद्दर के नीचे देखता और उठकर मंदिर के आस-पास टहलकर भी आता।

एक दिन उसे टहलते हुए खयाल आया कि लोग मंदिर क्या करने जाते हैं? इस उत्सुकता में वह पहली बार मंदिर के अंदर गया। मंदिर में जाकर उसे बड़ा सुकून और शांति मिली। उसने भी बाकी भक्तों की तरह मंदिर में बैठकर ध्यान-प्रार्थना की। अब उसने यह भी रोज़ का नियम बना लिया। दिन में कई बार चद्दर के नीचे देखता, थोड़ी देर भीख माँगता, बाकी भक्तों की तरह मंदिर के प्रांगण में टहलता और मंदिर के अंदर जाकर ध्यान, प्रार्थना करता।

कुछ दिन बाद वह एक काम और करने लगा। टहलते हुए जो बाकी भिखारी उसे दिखते थे, वह उनको भीख देने लगा क्योंकि उसमें भरपूरता की फीलिंग आ चुकी थी। अतः जो मिलता उसे वह बाँटने भी लगा था। इसके बावजूद, दिन के अंत में उसकी कमाई ज़्यादा ही रहती।

उसके जीवन में ऐसा सुखद आश्चर्य क्यों हुआ, इसका रहस्य उस चद्दर के नीचे छिपा था। जब वह चद्दर हटाकर देखता तो उसे वहाँ क्या दिखता था? दरअसल उस चद्दर के नीचे वह सारी दौलत छिपी थी, जो उसने शुरू से पाई थी, जिसे वह उधर रखकर भूल गया था। जो कुछ उसने पाया था वह देखने के बाद यदि काम शुरू करता था तो उसको बरकत मिलती थी। उसका भीख के लिए गिड़गिड़ाना बंद हो गया था। वह इस भाव में आ गया था कि 'मैंने तो पहले से ही इतना पा लिया है कि कहीं कोई कमी नहीं है।' इसलिए वह बाँट भी पा रहा था। ऐसे में उसका भिखारीपन का भाव चला जाता था। वह स्वयं को समृद्ध और काबिल महसूस करने लगा था।

आगे चलकर वह उस मंदिर का केअरटेकर बन गया। उसका भरपूर विकास हुआ, सिर्फ एक आदत की वजह से। वह आदत थी- कुछ चाहने से पहले, क्या पाया है वह देख लेना।

कृतज्ञता की समझ

लोग इसलिए कर्म करते हैं कि 'फलाँ कर्म करके जब उसका फल आएगा तो मुझे यह मिलेगा, वह मिलेगा। मेरी फलाँ इच्छा पूरी होगी, मुझे खुशी मिलेगी, सफलता मिलेगी' आदि। कर्म की शुरुआत करते हुए उनके मन में यह भाव रहता है कि इस समय उनके पास वह सब नहीं हैं, जो कर्म का फल आने के बाद मिलेगा। यानी कर्म करते हुए पहले वे अभाव (भिखारी) की अवस्था... 'मेरे पास कम है' या 'नहीं है' की फीलिंग में रहते हैं और 'मुझे आगे चलकर मिलेगा', यह सोचते हैं। इतना भी हो तो भी ठीक है। मगर ज़्यादातर लोग काम करते हुए डाउट में ही रहते हैं कि पता नहीं मिलेगा भी या नहीं।

आपको इस कहानी से संदेश लेकर अपनी विचारधारा बदलनी है। क्या पाया है, पहले वह देख लें। भरपूरता की फीलिंग में आ जाएँ। इतना ही नहीं, उस कर्म को करके जो प्राप्त होगा, वह पहले ही पा चुके हैं, ऐसी सोच रखें। यह पाने की सोच इतनी प्रबल हो कि भाव में उतर जाए।

सामान्यतः कोई भी काम कुछ पाने के लिए ही किया जाता है। जैसे, 'मैं यह करूँगा तो सामनेवाला मेरी तारीफ करेगा, मैं अच्छा खाना खा लूँगा तो मुझे खुशी मिलेगी, शॉपिंग करने में आनंद आएगा, फलाँ से मिलूँगा तो बिजनेस अच्छा चलेगा, खूब पैसे आएँगे और मैं सुखी जीवन व्यतीत करूँगा।' मूलतः हर कर्म का लक्ष्य खुशी और आनंद की खोज ही रहती है।

मगर अब आपको एक नई समझ मिली है कि 'मैं कर्म इसलिए नहीं कर रहा हूँ कि मुझे खुशी मिले, आनंद मिले बल्कि इसलिए कर रहा हूँ कि मैंने पहले ही खुशी पा ली है। मैं खुश हूँ, आनंदित हूँ इसलिए कर रहा हूँ।' फिर उस आनंद के साथ, खुशी के साथ कर्म करना शुरू करें। यह नई सोच रखने पर आपसे कर्म सहजता से होंगे। परिणाम मनचाहा आए या न आए, आपको फर्क नहीं पड़ेगा। इस तरह से आपकी कर्मफल के साथ आसक्ति भी टूटेगी। जैसे भिखारी का जीवन बदला, उससे सेवा और भक्ति होने लगी, वैसे ही आपसे भी बेशर्त सेवा और भक्ति होने लगेगी। फलस्वरूप आपका पूरा जीवन ही सुख-शांति और आनंद से चलेगा। काम अपने आप होते चले जाएँगे। बस! आप उपस्थित हैं और घटनाओं के साक्षी बन आनंदित हो रहे हैं।

एडवान्स में धन्यवाद देना सीखें

यदि किसी से पूछा जाए कि 'आप जीवन में जो भी पाना चाहते हो, वह आपके पास आ जाए तो क्या आप कृतज्ञ रहोगे? फिर चाहे वह कोई गुण हो, कला हो, समृद्धि या स्वास्थ्य हो। क्या उस बात के लिए आप ईश्वर (कुदरत) को धन्यवाद दे पाओगे?

निश्चित ही जवाब आएगा, 'हाँ-हाँ, क्यों नहीं, ज़रूर देंगे।' अब ज़रा स्वयं से पूछकर देखें, 'आज जो मैं पा चुका हूँ, क्या उसके लिए धन्यवाद निकल रहे हैं, कृतज्ञता के भाव आ रहे हैं?' जो मिल चुका है, अगर उसके लिए कोई कृतज्ञ नहीं है तो जो मिलनेवाला है उसके लिए भी कैसे कृतज्ञ हो पाएगा? अगर अभी धन्यवाद नहीं दे रहा है तो बाद में भी नहीं देगा क्योंकि आदत ही नहीं बनाई है। जो मिल गया उसे फॉर ग्रान्टेड ले लिया और जो नहीं मिला, उसे पाने की उधेड़-बुन में लग गए।

कहानी में उस भिखारी ने जो पाया, उसके लिए वह कृतज्ञ हुआ इसलिए उसके जीवन में रूपांतरण हुआ। आपको भी उन सभी बातों के लिए कुदरत, ईश्वर, अल्लाह, वाहे गुरु, जिन्हें भी आप मानते हैं, दिल से कृतज्ञ होकर, धन्यवाद देना है, जो आपके पास उपलब्ध है। साथ ही उन सभी बातों के लिए भी धन्यवाद देना है, जो आप चाहते हैं। जैसे-जैसे आपमें कृतज्ञता के भाव जगेंगे, ऑटोमैटिकली कुदरत आपको वे सभी चीज़ें मल्टिप्लाय करके देगी। 'कृतज्ञ पाया' ध्यान आपको यही आदत डालने में मदद करेगा।

'कृतज्ञ पाया' ध्यान विधि

इस ध्यान की कोई विशेष विधि नहीं है। यह ध्यान आप खुली आँखों से भी कर सकते हैं और बंद आँखों से भी।

- जब आपकी आँखें खुली हों और आप जहाँ भी हों, उन कृपाओं को देखें, जो आप पर हुई हैं। उन सभी चीजों पर नज़र डालें जो आपको मिली हैं, जबकि हज़ारों-हज़ारों लोग उनसे वंचित हैं। जैसे- घर, परिवार, माता-पिता, बिजली, पानी, खाना, शिक्षा, सुरक्षा, अच्छे पड़ोसी, अच्छे सहकर्मी आदि। जो भी कृपा आपके ध्यान क्षेत्र में आए, उनके लिए ईश्वर को धन्यवाद दें।
- कुछ समय के लिए आँखें बंद करके बैठें। किसी एक कृपा को अपने ध्यान क्षेत्र

में लाएँ, जो आपने पाई है। उसके होने से आपके जीवन में क्या सुखद एहसास है, क्या सहजता है, कुछ क्षण उसे महसूस करें।

- सोचें, वह कृपा आपके जीवन से चली गई तो आपका जीवन कैसा होगा? आपको किन-किन मुश्किलों का सामना करना पड़ेगा? खुद को वैसा जीवन जीते हुए देखें। जैसे आपके पास आँखें हैं तो आप कितना कुछ देख पा रहे हैं। यदि आँखें न होतीं तो आपका जीवन कैसा होता? उस स्थिति को महसूस करें।

- ईश्वर को उस कृपा के लिए पूरे भाव से धन्यवाद दें, अपनी कृतज्ञता जाहिर करें, जिसकी वजह से आप अनेक दुःखों से बचे हुए हैं।

- एक-एक कर सभी कृपाओं को अपने ध्यान क्षेत्र में लाएँ और कृतज्ञता जाहिर करें। जैसे- स्वास्थ्य, करियर, रिश्ते, परिवार, दोस्त, घर, सुख-सुविधाएँ, सत्य संघ, गुरुकृपा आदि।

- अब एक-एक कर उन चाहतों या कृपाओं को अपने ध्यान क्षेत्र में लाएँ, जो आप जीवन में पाना चाहते हैं। उनके होने से आपके जीवन में जो सुखद परिवर्तन होंगे, उस एहसास को कुछ क्षण महसूस करें।

- सोचें, वह विशेष कृपा आप पर हो चुकी है। ईश्वर को उस कृपा के लिए पूरे भाव से धन्यवाद देकर, अपनी कृतज्ञता जाहिर करें।

यह ध्यान रोज़ करने पर आपको ऐसी-ऐसी कृपाओं का अनुभव होगा, जिनको आपने कभी नोटिस भी नहीं किया। आपको महसूस होगा कि ईश्वर ने आपको कितना कुछ दिया है मगर आपने ईश्वर का कभी धन्यवाद नहीं किया।

यह ध्यान आपको जीवन की तमाम निराशा और अभावों से उबारेगा। जब भी जीवन में किसी बात का अभाव नज़र आए तो यह ध्यान करना आरंभ करें। इससे आपकी तरंग तुरंत बदल जाएगी और आप '**बहुत कुछ पाया है**' के भाव में आ जाएँगे। यह भाव ही अनंत कृपाओं को चुंबक की तरह खींचकर आपके जीवन में ले आएगा।

अध्याय 8

जीव, जगत और ईश्वर का संबंध

हू एम आय जे.के. ध्यान

एक नास्तिक इंसान का अस्तित्त्व दो ही आधारों पर टिका होता है। पहला आधार है व्यक्ति ('मैं') यानी वह खुद और दूसरा है- माया यानी यह जगत। जगत में घर, परिवार, नौकरी, देश, समाज आदि सब आते हैं। उसकी दुनिया इन्हीं दो के बीच सिमटी होती है। वह अपने और इस जगत के बाहर कुछ सोच ही नहीं पाता। उसकी सारी सोच, सारा लेन-देन, व्यवहार इन्हीं के बीच चलता है।

एक आस्तिक इंसान के जीवन में इन दो आधारों के अलावा एक और मज़बूत आधार होता है- कॉन्शियसनेस, जिसे परमचेतना, ईश्वर, अल्लाह या कुदरत भी कहा जा सकता है। वह 'मैं' और 'जगत' के बीच का व्यवहार इस परमचेतना के माध्यम से या उसके सहारे करता है। जैसे दो टापू के बीच में एक पुल हो। एक टापू से दूसरे टापू पर जो कुछ भी आता-जाता है, वह उस पुल से ही होकर जाता है।

वैसे तो इस संपूर्ण सृष्टि का आधार एक ही कॉन्शियसनेस है यानी दोनों टापू (मैं और जगत) एवं पुल (ईश्वर) एक ही हैं मगर ज्ञान के अभाव में इस सत्य का अनुभव करना संभव नहीं। अतः कॉन्शियसनेस के विस्तार को समझने के लिए हम

उसे तीन भागों- आय., जे. और के. में बाँट रहे हैं।

'आय' (मैं) - I

इसमें 'आय' है इंसान के अंदर का व्यक्ति, जिसे वह 'मैं' कहकर संबोधित करता है। सामान्यतः एक इंसान अपने मन और बुद्धियुक्त शरीर को ही 'मैं' मानता है। वह भाव जो उसको 'मैं' और बाकी जगत को 'तू' बनाता है, उसे सूक्ष्म अहंकार कहते हैं। यह सूक्ष्म अहंकार ही सबको अलग-अलग करके देखनेवाली भेददृष्टि देता है। उसकी आँखों पर माया का पर्दा डालकर रखता है।

जे (जगत) - J

इस 'मैं' के अतिरिक्त इंसान को जो कुछ भी दिखाई, सुनाई देता है, वह यही जगत है, जिसे हम 'जे' से प्रस्तुत करते हैं यानी हमारे आस-पास की दुनिया। एक जगत बाहर होता है और एक जगत हमारे अंदर भी होता है, जिसे हम अपनी सोच से बनाते हैं। इसमें हमारे बाहरी जगत से जुड़े अनुभव, स्मृतियाँ, मान्यताएँ आदि आते हैं। हम इस अंदर के जगत से ही बाहर के जगत का दर्शन करते हैं।

'के' (कॉन्शियसनेस, ईश्वर) - K

तीसरा है 'के' जो परम ईश्वरीय सत्ता या यूनिवर्सल चेतना को प्रस्तुत करता है। जगत और जीव (मैं) दोनों इस कॉन्शियसनेस से बने हुए हैं और उसी की शक्ति से चल रहे हैं। जैसे एक समुद्र है, जिसके बीच में एक कुआँ है। कुआँ समुद्री चीज़ों से ही बना है और कुएँ के अंदर भी समुद्र का ही पानी है। मगर कुआँ सोच रहा है कि मैं समुद्र से अलग एक कुआँ हूँ। समुद्र का पानी अलग है और मेरा पानी अलग। जबकि बाहर से देखनेवाला जानता है कि कुएँ के अंदर भी समुद्र है और बाहर भी। बस यही स्थिति यूनिवर्सल चेतना, जगत और जीव की है। वह जीव और जगत के अंदर भी है और उसके बाहर भी।

यूनिवर्सल चेतना को स्वयं में अनुभव करने के लिए हमें पहले उसके तीनों रूपों 'आय.जे.के.' पर भरपूर मनन करना होगा ताकि हमें इस पूरी व्यवस्था की स्थिति स्पष्ट हो जाए। हम उसके सूक्ष्म पहलुओं को भी बारीकी से देख पाएँ। आइए, इसके लिए हू एम आय जे.के. ध्यान विधि देखते हैं, जिसमें हमें एक-एक करके तीनों पर और फिर अंत में तीनों के संबंध पर मनन करना होगा।

हू एम आय जे.के. ध्यान विधि

- सर्व प्रथम आँख बंद कर एक नियत समय के लिए सुविधाजनक आसन में बैठें।
- २० मिनट का समय अंतराल निर्धारित करें, यदि चाहें तो ज़्यादा भी कर सकते हैं।
- ध्यान की शुरुआत ए.एम.एस.वाय. सहयोगी ध्यान* से करें। अपने ए. एम.एस.वाय. को ध्यान क्षेत्र में बुलाएँ और उससे ध्यान में सहयोग करने का आग्रह करें।
- उसके बाद तपर्पण ध्यान करें यानी पूरे भाव से कहें- 'मैं जो ध्यान करने जा रहा हूँ, उसका जो भी पुण्य होगा, वह लोककल्याण के लिए अर्पित करूँगा।'

1. इस ध्यान में कदम-दर-कदम एक-एक शब्द लेकर मनन करेंगे।
2. सबसे पहले इस प्रश्न पर मनन करें, हू एम आय?
3. खुद से बार-बार पूछेंगे- हू एम आय? मैं कौन हूँ?
4. अपने शरीर को महसूस करते हुए खुद से पूछें- 'इस वक्त मुझे जो शरीर महसूस हो रहा है, क्या वह मैं हूँ?'
5. फिर अपने विचारों को चलता हुआ देखें और स्वयं से पूछें- इस वक्त जो विचार चल रहे हैं, क्या वे मैं हूँ?
6. स्वयं से पूछें- क्या मैं केवल शरीर हूँ? शरीर मेरा विस्तार है, मन मेरा विस्तार है या बुद्धि मेरा विस्तार है? क्या मैं अपने ही विस्तार में फँस गया/गई हूँ।
7. अपने शरीर, मन, बुद्धि को देखने के बाद उस मौन को महसूस करने का प्रयास करें, जो इन तीनों से परे है। जिसकी उपस्थिति में आप ये सवाल पूछ रहे हैं, जो सिर्फ जान रहा है।
8. उस अपने होने के एहसास को महसूस करें। आप वही हैं मौन, शून्य... कुछ नहीं।

**ए.एम.एस.वाय. सहयोगी ध्यान पढ़ें भाग ४, पृष्ठ २७*

9. उसी अनुभव में कुछ देर बैठे रहें।

10. अब कुछ समय 'जे' यानी जगत पर मनन करें।

11. अपने आस-पास फैले जगत को ध्यान क्षेत्र में लाकर देखें। आपके जगत में कितने लोग हैं? कितनी वस्तुएँ हैं? कितनी ज़मीन, हवा, पानी आदि हैं? क्या यह वह जगत है, जिसके बारे में पुस्तकों में पढ़ा है कि 'ऐसा मौसम है, ऐसी जलवायु है' या वह है जो आपके अनुभव में आता है।

12. खुद से पूछें यह जगत क्या है, कहाँ पर है, जिसमें मैं रहता हूँ? इस जगत के अंदर और बाहर क्या है?

13. इस जगत में ऐसा क्या चल रहा है, जिस पर मुझे आश्चर्य होता है, जिसके पीछे मुझे कोई लॉजिक (तर्क) समझ नहीं आता?

14. इस जगत के भीतर मैं कहाँ हूँ, क्यों हूँ? मेरी क्या हैसियत है?

15. यह जगत मैं बाहर देखता हूँ या अपने दिमाग में आँखों द्वारा देखता हूँ?

16. मुझे इस जगत से क्या शिकायत है और क्यों? इन सभी बातों पर मनन करें।

17. खुद से पूछें, 'मैं इस जगत के लिए क्या कर रहा हूँ और इस जगत से मुझे क्या मिल रहा है, कैसे मिल रहा है? मेरा इससे कैसा संबंध चल रहा है?'

18. इन सभी मनन बिंदुओं के अतिरिक्त जगत से जुड़ी जो भी बातें ध्यान में आती हैं, उन पर मनन करें।

19. अब कुछ समय 'के' यानी कुदरत, कॉन्शियसनेस, कृष्ण, क्राइस्ट, खुदा, कैवल्य अवस्था, कर्ता पुरुष... जो नाम दें, उस परमचेतना पर ध्यान लगाएँ।

20. मनन करें– वह चेतना क्या है, कहाँ है, आपके भीतर है या बाहर? उसका क्या कार्य है? उन कार्यों को वह कैसे और किसके माध्यम से करती है?

21. उस चेतना का आपसे क्या संबंध है? उसे आप अपने अंदर महसूस करते हैं या बाहरी प्रतीकों जैसे मूर्तियों, ग्रंथों आदि में?

22. मनन करें– चेतना को आपसे क्या शिकायत है? आपको चेतना से क्या शिकायत है और क्यों?

23. जब आप चेतना के ध्यान में बैठते हैं तब क्या शिकायत की अवस्था में बैठते हैं कि 'तुमने मुझे यह नहीं दिया, मेरा यह काम नहीं करवाया?' या शिकायत शून्य अवस्था में 'सब स्वीकार' के भाव में बैठते हैं?

24. मनन करें- जब 'सब स्वीकार' के भाव के साथ जीते हैं तो आपकी क्या स्थिति होती है और सामने जगत से कैसा व्यवहार चलता है?

25. मनन करें- जब शिकायत के भाव होते हैं तो आपकी कैसी मनःस्थिति होती है और जगत में कैसे प्रतिसाद निकलते हैं?

26. क्या आप उस चेतना के प्रति कृतज्ञ होकर धन्यवाद से भरते हैं या उसकी कृपाओं को अनदेखा करते हैं?

27. अब अपने, जगत के और चेतना के पूरे समीकरण पर एक साथ मनन करें। तीनों कैसे एक-दूसरे से जुड़कर कार्य कर रहे हैं, देखें।

28. ध्यान संपन्न होने के बाद इस वक्त जो खुशी, जो आनंद, जो बल महसूस हो रहा है, उसे जीवकल्याण के लिए तपर्पण करें। कहें, 'मैं इस तप को जीवकल्याण के लिए अर्पित करता हूँ।'

29. धीरे-धीरे आँखें खोलें।

इंसान का दिमाग बड़ा जटिल होता है। वह अंदर से खुद को कुछ और मानता है लेकिन सामनेवालों को कुछ और ही दिखाता है। वह यह नहीं जानता कि उसका सच्चा रूप इस 'मानने' (आय) और 'दिखाने' (जगत) से परे है। वह सच्चा रूप (कॉन्शियसनेस) क्या है, उसे जानने में यह ध्यान आपकी मदद करेगा।

अध्याय 9

हर पल तैयार रहने की कला

अघोषित ध्यान

इंसानी मस्तिष्क को एक सेट पैटर्न पर चलने की आदत होती है। उसी पैटर्न पर चलते हुए वह हर काम सफलतापूर्वक करता जाता है। जैसे एक गृहिणी सुबह उठकर टिफिन तैयार करती है, बच्चों को स्कूल भेजती है, पति को ऑफिस जाने की तैयारी में मदद करती है। इंसान तय समय पर ऑफिस जाकर अपने काम सफलतापूर्वक निपटा लेता है और ऐसा करके वह सोचता है कि वह अपने जॉब में मास्टर हो गया। लेकिन क्या ऐसा तब भी होगा, जब उसके रूटीन को आगे–पीछे कर दिया जाए या उसको अचानक से तुरंत कोई विशेष कार्य करने को कहा जाए? तब उसके कार्य की क्वॉलिटी कैसी होगी, उसकी मानसिक हालत क्या होगी, यही निर्धारित करेगा कि वह अपने कार्य में कितना परफेक्ट है।

उदाहरण के लिए किसी के घर में मेहमान आनेवाले हैं। मेहमान ने उसे आने का समय पहले ही सूचित किया हुआ है। अतः उसे मेहमाननवाज़ी की तैयारी करने का पूरा–पूरा मौका मिलेगा। वह अपने घर को पहले से साफ कर लेगा, खाने–पीने की तैयारी कर लेगा, खुद भी अच्छे से तैयार होकर बैठेगा। इस तरह समय से पूर्व ही

वह अपने सारे काम निपटा लेगा ताकि निश्चिंत होकर मेहमानों को समय दे सके।

यदि हर बार ऐसा ही होता रहा तो मेहमानों को लगेगा वाह, यह कितना अच्छा मेजबान है। इसका घर कितना साफ-सुथरा है, खुद को भी कितने अच्छे से रखता है, कितनी अच्छी तरह से बातचीत करता है। मगर उस बंदे की असलियत तब ही पता चलेगी, जब मेहमान किसी दिन अचानक से धमक पड़ेंगे। उस वक्त वह उनकी आकस्मिक मेजबानी के लिए कितना तैयार है, घर कैसा रखा हुआ है, घर में क्या-क्या व्यवस्थाएँ हैं, वह किस मानसिक दशा से उनको अटेंड करता है, मन में बड़बड़ करता है, तनाव में आ जाता है या हँसते-खेलते करता है। इन सभी बातों पर निर्भर करेगा कि वह कितना अच्छा मेहमाननवाज़ है।

सामान्यतः लोग ध्यान को भी एक रूटीन की तरह फॉलो करते हैं। एक तय समय पर २०-२५ मिनट के लिए ध्यान करते हैं, फिर उठकर बाकी का दिन पुरानी आदतों के साथ उतने ही तनाव में, चिड़चिड़ में निकाल देते हैं। जिस कारण उस ध्यान का असर उनके जीवन में देखने को नहीं मिलता। जब इंसान एक तय समय पर, तय अवधि के लिए पूरी तैयारी के साथ ध्यान करने बैठता है तो उसका ध्यान बहुत अच्छा होता है। काफी दिनों के अभ्यास के बाद उस समय उसका मन ध्यान के लिए पूरी तरह तैयार होता है। मन को लगता है, चलो थोड़ी देर ही तो चुप बैठना है, फिर बाकी दिन तो अपना ही राज चलनेवाला है। ऐसे में ध्यानी को यह गलतफहमी हो जाती है कि वह ध्यान की ऊँची अवस्था में पहुँच गया है, जबकि यह उसका भ्रम है।

जैसे मेजबान की असलियत आकस्मिक मेहमान आने पर ही पता चलती है। वैसे ही ध्यान की वास्तविक दशा तभी पता चलेगी, जब उसे रॅन्डमली किया जाएगा। यानी किसी भी समय, किसी भी अवस्था में और किसी भी तरीके से यह अघोषित ध्यान होगा। अर्थात बिना किसी पूर्व घोषणा के किया जानेवाला ध्यान।

अघोषित ध्यान का महत्त्व

जब इंसान ध्यान से उठकर अपने रोज़मर्रा के कामों में व्यस्त हो जाता है तब उसके दिमाग में १० तरह की बातें चलती रहती हैं। इधर की टेंशन, उधर की टेंशन... यह काम करना है... वह काम करना है... आदि। इन सभी उधेड़बुन के बीच यदि उसे कहा जाए कि 'जिस भी अवस्था में हो तुरंत ध्यान में बैठ जाओ... अघोषित ध्यान आरंभ करो' तो उस वक्त उसकी कैसी अवस्था होगी, वह कितना ध्यान में

जा पाएगा? यही रीऐलिटी चेक हमको इस अघोषित ध्यान के साथ करना है।

ऐसा क्यों करना है? तो पहली बात यह सम झना ज़रूरी है कि हम ध्यान कर क्यों रहे हैं, उसका मूल उद्देश्य क्या है? ध्यान कोई २०-३० मिनट की एक्सरसाइज या विधि नहीं है, जिसे किया, आगे बढ़ गए और बाकी का बचा हुआ समय व्यक्ति (एक अलग अस्तित्व) बनकर ही जीएँ। हम ध्यान इसलिए करते हैं ताकि हम अपनी मूल पहचान पर ज़्यादा से ज़्यादा समय स्थापित रह सकें। ज़्यादा से ज़्यादा समय वही बनकर जीएँ, जो हम वास्तव में हैं (सेल्फ)। ध्यान का अनुभव हमारे भीतर ऐसे ही सतत चलना चाहिए, जैसे हमारी हृदय की गति चलती है।

हकीकत में ऐसा होता नहीं है। सांसारिक कार्यों में उलझकर हमारा मूल अनुभव कहीं दब जाता है। ऐसे में जब अघोषित ध्यान आरंभ होता है तो हम वापस अपने उसी अनुभव पर लौटते हैं। धीरे-धीरे यह अभ्यास बढ़ाने पर ध्यान का अनुभव हमारे साथ निरंतरता से बना रह सकता है।

अघोषित ध्यान, संघ ध्यान है

अघोषित ध्यान करने के लिए आपको संघ की मदद लेनी ज़रूरी है। संघ यानी आपके परिचितों, मित्रों का ऐसा संघ, जो आप ही की तरह ध्यान की यात्रा पर अग्रसर है। आपके संघ के साथी आपको समय-समय पर रिमाइंडर भेजकर याद दिलाएँगे कि आपको अघोषित ध्यान करना है। अब आप सोचेंगे कि किसी और के रिमाइंडर की क्या ज़रूरत है, हम स्वयं से भी तो बीच-बीच में ध्यान कर सकते हैं? जी हाँ, कर तो सकते हैं लेकिन ऐसा होता नहीं। कारण- एक तो व्यस्तताओं के बीच में ध्यान करना याद ही नहीं आता। फिर मन बीच-बीच में आकर बोलता है- 'पहले यह काम निपटा ले, फिर बैठेंगे।' इस तरह सुबह से शाम हो जाती है और ध्यान टलता जाता है।

यदि आप ध्यान करने को प्रतिबद्ध हैं और जब संघ से अघोषित ध्यान का रिमाइंडर आता है तो आप सब काम छोड़-छाड़कर भी तुरंत ध्यान में उतरेंगे। ऐसे संघ का कोई मैसेज ग्रुप बना सकते हैं, जिसमें कोई किसी समय मैसेज डालकर सभी को रिमाइंडर दे सकता है। रिमाइंडर देते हुए कॉमनसेंस का इस्तेमाल ज़रूर करना है

कि सोने के समय रिमाइंडर नहीं देने हैं, बाकी दिन में किसी भी समय रिमाइंडर भेजा जा सकता है।

अघोषित ध्यान कौन सा करें?

अघोषित ध्यान का रिमाइंडर पाने के बाद आप कोई भी ध्यान कर सकते हैं। मूल बात यह है कि आपको उस समय जागृत होना है। अपने इमोशन के प्रति, अपने विचारों के प्रति, अपने शरीर के प्रति। यानी उस समय आपको अपने वर्तमान में आना है, वर्तमान में रहते हुए सत्य को याद रखना है, स्वअनुभव से जुड़ना है।

अघोषित ध्यान की विधि भी अघोषित ही होगी यानी उस समय जैसी अवस्था है, उस हिसाब से जो ध्यान विधि आपको क्लिक करे, आप वही अपना लें। कहीं कोई प्रतिरोध न हो कि इस विधि से नहीं, फलाँ विधि से ध्यान करना है... यह नहीं करना है, वह करना है...। जैसे आप कहीं बाज़ार में हैं या घूम रहे हैं और अघोषित ध्यान का रिमाइंडर आए तब बैठकर ध्यान करना संभव नहीं तो आप दया ध्यान, कृतज्ञता ध्यान, सराहना ध्यान, जप ध्यान आदि चलते-फिरते खुली आँखों से ध्यान भी कर सकते हैं।

जब आप बहुत व्यस्तताओं और तनाव में घिरे हैं, उस समय विचार अंतराल ध्यान, साँसों की गिनती ध्यान, इच्छामुक्ति ध्यान जैसे ध्यान कर सकते हैं। अपने भीतर उठ रहे इमोशन्स और विचारों को जागृत होकर देख सकते हैं। ध्यान कौन सा करना है, यह आपका तुरंत लिया गया निर्णय होगा लेकिन यह ज़रूरी है कि ध्यान करें।

अध्याय
10

इच्छादानी द्वारा मुक्त रहने की कला

प्रतीक्षा ध्यान

प्रस्तुत अध्याय में आपको 'प्रतीक्षा ध्यान' करने का तरीका सीखना है। मगर इससे पहले 'प्रतीक्षा' शब्द को गहराई से समझते हैं। प्रतीक्षा यानी इंतज़ार। यदि आपसे पूछा जाए कि आपको किसी की प्रतीक्षा करना कैसा लगता है तो आप क्या कहेंगे? लगभग सभी को प्रतीक्षा करना बोरिंग लगता है। यदि प्रतीक्षा का समय बढ़ जाए तो बोरियत गुस्से में भी बदल जाती है। इस तरह प्रतीक्षा वह मजबूरी है- जो अपने साथ बोरियत, चिड़चिड़ाहट, गुस्सा, बेसब्री, निराशा जैसे विकारों को चिपकाकर रखती है।

लेकिन इस अध्याय में ऐसी प्रतीक्षा की बात नहीं हो रही है, जो आपको दुःखी करती है। यह वह प्रतीक्षा है, जो शांति की संतान है। जो शांति के गर्भ से जन्म लेती है। जिसमें प्रतीक्षारत् रहते हुए भी आपकी आनंदित अवस्था बनी रहती है। जिसमें न कोई हड़बड़ाहट है, न कोई जल्दबाज़ी और न ही कोई इच्छा पूरी होने की बेसब्री। दरअसल इस प्रतीक्षा से किसी प्रकार की कोई अपेक्षा ही नहीं जुड़ी होती कि 'हमारी प्रतीक्षा का हमें जल्दी और मनमुताबिक परिणाम मिले।' यह आनंददायी प्रतीक्षा है,

जो प्रतीक्षा के फल पर निर्भर नहीं है।

इच्छाओं से मुक्त प्रतीक्षा कैसी होगी?

इच्छा ही इंसान के जीवन की ड्राइव फोर्स होती है। इच्छा ही वह शक्ति है जो जीवन को गति देती है, उसको आगे बढ़ने के लिए प्रेरित करती है। ऐसे में सवाल उठता है- क्या इच्छा करना बुरा है? इच्छाएँ करनी ही नहीं चाहिए? तो ऐसा नहीं कहा जा रहा है। इच्छाएँ मन में उठेंगी लेकिन वह इच्छाएँ पूरी हों और हमारे अनुसार ही पूरी हों, यह इच्छा नहीं करनी चाहिए।

उदाहरण के लिए आपने इच्छा रखी कि 'मेरे बेटे का किसी अच्छे मेडिकल कॉलेज में ऍडमिशन हो जाए।' इस इच्छा के साथ कुछ और भी सह-इच्छाएँ जुड़ गईं। जैसे ऍडमिशन इसी साल मिल जाए... घर के पास मिले... इसी शहर में हो तो बेहतर... कम फीसवाला कॉलेज मिल जाए... आदि। इस तरह आपने इच्छाओं का गुच्छा थाम लिया और उनके पूरी होने की प्रतीक्षा करने लगे। अब आगे क्या होगा? यदि इस पूरे गुच्छे में से एक भी इच्छा अधूरी रह गई तो वही आपके दुःख का कारण बन जाएगी। जैसे इस साल ऍडमिशन नहीं मिला क्योंकि दिव्ययोजना के अनुसार अगले साल होना था लेकिन आप दुःखी होंगे। ऍडमिशन मिला मगर घर से बहुत दूर, दूसरे शहर में तो भी आपकी खुशी अधूरी रह जाएगी। आप यह सोच-सोचकर परेशान रहेंगे कि 'अरे इतनी दूर कैसे रहेगा... क्या खाएगा, क्या पीएगा... कितने दिनों में मिलने आएगा?' आदि। इस तरह देखा जाए तो मूल इच्छा से ज़्यादा 'मेरी इच्छाएँ पूरी हों' यह इच्छा ही दुःखों की जड़ है।

'मेरी इच्छा पूरी हो' इस इच्छा से मुक्त जो प्रतीक्षा होती है, वह दुःख बेचैनी, संशय पैदा नहीं करती कि 'इच्छा पूरी होगी या नहीं होगी?' क्योंकि आपने इच्छा कर, उसे कुदरत को सौंप दिया। अब वह जो करे, आपको स्वीकार है, इस भाव के साथ प्रतीक्षा करेंगे तो दुःखी नहीं होंगे तब प्रतीक्षा बोझ नहीं लगेगी।

कुदरत की इच्छापूर्ति व्यवस्था

वास्तव में कुदरत की व्यवस्था इतनी बढ़िया है कि उसमें हर किसी के लिए सब कुछ भरपूर है। कहीं कोई कमी नहीं है। उसमें बिना इच्छा के भी सभी की इच्छाएँ पूरी होने की व्यवस्था है। अतः ऐसा बिलकुल न सोचें कि यदि आप इच्छा नहीं करेंगे

तो आपको कुछ मिलेगा ही नहीं। क्योंकि कुदरत आपका बायडिफॉल्ट (स्वचलित) विकास करना चाहती है। अपनी दिव्ययोजना अनुसार आप विकास के अगले स्तर पर पहुँचें, इसके लिए कुदरत आपको स्वयं विचार देती है, इच्छाओं के बीज स्वयं आपके मन में रोपित करती है। फिर आपसे उपयुक्त कर्म करवाती है ताकि वह इच्छा पूरी हो। इस प्रकार इच्छा देनेवाली भी कुदरत है और आपसे कर्म करवाकर पूरी करवानेवाली भी वही है। आप मात्र माध्यम हैं, जिसे ये सब होते हुए देखना है और इस प्रक्रिया का आनंद लेना है।

इच्छाओं की पूर्ति के पीछे लॉजिक यह है कि जब आप इच्छा पूरी होने की इच्छा से मुक्त अवस्था में बैठते हैं तब आप चुंबक बनते हैं। जिस कारण आपकी इच्छाएँ सहजता से पूरी होती हैं। लेकिन समस्या तब आती है, जब इंसान इच्छाओं से चिपक जाता है। फिर उसके मन में डर और संशय आते हैं कि 'इच्छा पूरी नहीं होगी तो क्या होगा?' यही भाव उसे पीतल (नकारात्मक) बना देता है। जिससे उसकी इच्छा पूरी होने में बाधाएँ आती हैं और जब वह उन्हें पूरी होते नहीं देखता तो उसकी प्रतीक्षा तकलीफदेह बन जाती है।

इच्छाएँ स्वतः पूरी हों, इसके लिए आपको संशय और बोरियत के बिना प्रतीक्षा करना सीखना होगा। प्रतीक्षा ध्यान आपको यही सिखाएगा।

प्रतीक्षा ध्यान विधि

आपको मॉस्किटोनेट यानी मच्छरदानी पता होगी, जिसे लगाकर उसके अंदर बैठने पर मच्छर आप तक नहीं पहुँच पाते। आप मच्छरों से सुरक्षित रहते हैं। ऐसी ही एक नेट है, डिज़ायर नेट यानी इच्छादानी। प्रतीक्षा ध्यान में आपको इस इच्छादानी  को लगाकर बैठना है ताकि कोई इच्छा आप तक न पहुँचे। आप इच्छामुक्त अवस्था में बैठकर प्रतीक्षा ध्यान कर पाएँ। यह इच्छादानी कोई बाज़ार में मिलनेवाली नेट नहीं है, यह इच्छाओं के विज्ञान (समझ) की नेट है, जिसे आपको अपनी सोच पर ओढ़ना है क्योंकि इच्छाएँ विचारों में ही रहती हैं। आइए, अब प्रतीक्षा ध्यान के सहारे इसे ओढ़ने की विधि समझते हैं।

- सर्व प्रथम आँखें बंद कर एक नियत समय के लिए सुविधाजनक आसन में

बैठें। कल्पना करें, आप डिज़ायर नेट के अंदर बैठे हैं और उसके भीतर आप इच्छाओं से सुरक्षित हैं।

- २० मिनट का समय अंतराल निर्धारित करें, यदि चाहे तो ज़्यादा भी कर सकते हैं।
- ध्यान की शुरुआत ए.एम.एस.वाय. सहयोगी ध्यान से करें। अपने ए. एम.एस. वाय. को ध्यान क्षेत्र में बुलाएँ और उससे ध्यान में सहयोग करने का आग्रह करें।
- उसके बाद तपर्पण ध्यान करें। पूरे भाव से कहें– 'मैं जो ध्यान करने जा रहा हूँ, उसका जो भी पुण्य अर्जित होगा, वह मैं लोककल्याण के लिए अर्पित करूँगा।'

1. ध्यान में इस प्रतीक्षा के साथ बैठें कि 'देखें अगला विचार कहाँ से आता है?' यह सवाल पूछकर वेट ऍण्ड वॉच के साथ प्रतीक्षा करें।
2. देखें, जो विचार आया है क्या वह किसी आवाज़ को सुनकर आया है या अन्य किसी बाहरी गतिविधि के कारण आया है? अतीत से आया है या भविष्य की कल्पना से आया है? उसे सिर्फ आया हुआ जानें।
3. प्रतीक्षा में बैठे रहें और विचार बंद हैं तो भी कोई व्याकुलता नहीं है कि 'अरे कोई विचार नहीं आ रहा, अगला विचार कब आएगा?'
4. इस विचार को भी विचार करके देखें कि 'इस वक्त कोई विचार नहीं है।'
5. दो विचारों के अंतराल में इस प्रतीक्षा में स्वयं को विचारशून्य महसूस करें।
6. आत्मावलोकन करें– 'क्या भीतर कोई इच्छा बैठी हुई है या नई इच्छा पनप रही है? जैसे 'मुझे विचार न आएँ, जल्दी निर्विचार बनूँ... जल्दी आँख खोलूँ?' आदि ऐसी कोई भी इच्छा हो तो स्वयं को उस इच्छा से मुक्त करें।
7. स्वयं से कहें, 'मैं इस इच्छा से मुक्त हूँ। यह इच्छा पूरी हो या न हो, मुझे कोई फर्क नहीं पड़ता' और पुनः प्रतीक्षा मोड में जाएँ।
8. स्वयं से कहें– 'मैं कोई इच्छा रखूँ या न रखूँ, दिव्ययोजना के अनुसार मेरे जीवन में सब कुछ सहजता से आ रहा है।'

9. स्वयं से कहें– 'मुझे यह इच्छा नहीं है कि मेरी इच्छा पूरी हो, मैं इस बात को पूरी तरह कुदरत को सौंपता हूँ। उसे जो लगे अच्छा, वही मेरी इच्छा', ऐसा कहकर इच्छा पूरी होने की इच्छा को रिलीज करें।

10. ऐसा प्रतीक्षा अंतराल जिसमें न कोई इच्छा होगी, न कोई विचार होगा, आपको स्वयं मुक्ति की फीलिंग महसूस कराएगा। उस प्रतीक्षा अंतराल को अभ्यास से बढ़ाते जाएँ।

11. नियत समय पूरा होने पर ध्यान संपन्न करें और इस ध्यान का बल जीवकल्याण के लिए तपर्पण करें। कहें, 'मैं इस तप को जीवकल्याण के लिए अर्पित करता हूँ।'

12. धीरे-धीरे आँखें खोलें।

याद कीजिए, उस क्षण को जब आपकी कोई प्रबल इच्छा पूरी हुई थी। कैसा लगा था आपको, कैसी फीलिंग आई थी? निश्चय ही वह फीलिंग पूर्णता की, आनंद की, उत्सव जैसी रही होगी। अगर यही फीलिंग आपको इच्छा पूरी होने से पहले ही आ जाए तो सोचिए आपका जीवन कितना बदल जाएगा, कितने दुःख समाप्त हो जाएँगे!

इस ध्यान के अभ्यास से आप उसी फीलिंग को इच्छा जागृत होने और उसे पूरी होने के बीच के अंतराल में भी महसूस करने लगेंगे। आप इच्छाओं के कुचक्र से सदा के लिए मुक्त होंगे। इच्छाओं का खेल समझने के साथ जो फीलिंग आती है, वह है आज़ादी की फीलिंग, जो इच्छा पूर्ति से भी बड़ी है। इच्छा के जन्म लेने और उसके पूरा होने के बीच का समय आप प्रेम, आनंद, मौन के साथ बिताएँगे। इच्छा पूरी होगी या नहीं होगी, आप हर हाल में ईश्वर का धन्यवाद देंगे क्योंकि अब आपकी खुशी इच्छापूर्ति पर निर्भर नहीं करेगी, वह आपकी सदा रहनेवाली अवस्था बनेगी। यही मुक्ति की अवस्था है।

इस ध्यान के लाभ को देखते हुए आप इसे खुली आँखों से भी, दिन के बीच-बीच में किसी भी समय कर सकते हैं। विशेष कर उस समय जब आप किसी तरह की प्रतीक्षा में बैठे हैं। तब आप उस प्रतीक्षा को ही अपना ध्यान बना लें। फिर देखिएगा प्रतीक्षा का बोझ तुरंत हट जाएगा और वहाँ मात्र आनंद ही बचेगा।

अध्याय 11

अदृश्य को देखने का अभ्यास

अलख निरंजन ध्यान

ऐसा आपने कई बार अनुभव किया होगा, जब आप तेज़ रोशनी से किसी कम रोशनीवाली जगह पर जाते हैं तो आपको एकदम से कुछ नज़र नहीं आता। आँखों के आगे अँधेरा सा छा जाता है। लेकिन यदि आप पहले से ही उस जगह पर उपस्थित हैं तो आप कम रोशनी में भी आराम से देख पाते हैं। जैसे थिएटर में कुछ लोग लाइट ऑफ होने से पहले ही बैठे होते हैं और कुछ लोग पिक्चर शुरू होने के बाद आते हैं। जो लोग पहले से ही हॉल में बैठे रहते हैं, उन्हें सीट, रास्ता सब आसानी से दिखता है। लेकिन जो लोग बाहर से आते हैं, वे टटोल-टटोलकर चलते हैं। उनको रास्ता, सीट इतनी स्पष्टता से नज़र नहीं आती, जितना बैठे हुए लोगों को।

इसी तरह जो लंबी समुद्री यात्राओं के नाविक होते हैं, जिन्हें खलासी (सेलर) कहा जाता है, वे दिनभर एक आँख पर परदा (आय पैच) पहनते हैं और दूसरी आँख से देखने का कार्य करते हैं। खुली आँख से वे दिन के समय में दूर तक फोकस करके देख सकते हैं। लेकिन जब उनको अँधेरे में देखना होता है तो वह आँख जो पूरे दिन ढँकी थी, उससे देखते हैं। क्योंकि वह आँख पूरे दिन अँधेरे में थी, इस कारण उससे

अँधेरे में तुरंत देख पाते हैं। दूसरी आँख को समय लगता है अंधेरे में अभ्यस्त होने में। यह एक साइन्टिफिक टेक्नीक है, जिससे आप अपनी आँख को अँधेरे में देखने के काबिल बनाते हैं।

कहने का अर्थ अँधेरे में भी तुरंत देखा जा सकता है, बशर्ते आप उसमें देखने की तकनीक इस्तेमाल करें, अपनी आँखों को ऐसा अभ्यास दें। हमारे जीवन में अज्ञान का अँधेरा ऐसा ही है, जिसे देखने के लिए हमें ध्यान की आँख तैयार करनी है। अपनी दृष्टि को ऐसा अभ्यास देना है कि वह अज्ञान के अँधेरे के बीच प्रकाशित चैतन्य देख पाए। यही अभ्यास आपको 'अलख निरंजन ध्यान' करवाएगा।

'अलख निरंजन' का अर्थ

कुछ साधु, संन्यासी 'अलख निरंजन' का उद्घोष करते हुए परमात्मा को याद करते हैं। दरअसल ये दोनों शब्द ईश्वर के स्वरूप को प्रदर्शित करते हैं। अलख का अर्थ है– अदृश्य यानी दिखाई न देनेवाला। दूसरे शब्दों में कहा जाएगा– जो उपस्थित तो है किंतु हमें नज़र नहीं आ रहा, वही हमारे लिए अदृश्य होता है। ईश्वरीय चेतना ऐसी ही है। उसे हम अपनी स्थूल आँखों से नहीं देख सकते। उसके स्थूल प्रतिरूप मूर्तियाँ, जो हमारी अपनी रचनाएँ हैं, उन्हें देख सकते हैं। इसी कारण कुछ लोग ईश्वर में विश्वास नहीं करते क्योंकि वे बिना देखे किसी बात को नहीं मानते।

दूसरा शब्द है 'निरंजन' अर्थात रंजन से रहित। रंजन का अर्थ है मैल, कालिख, अशुद्धि। ईश्वर निरंजन है क्योंकि वह शुद्ध है, स्पॉटलेस है। उसमें किसी तरह की कोई मिलावट, कोई दाग नहीं है। जैसे कहीं किसी दुकान पर पारदर्शी शीशे का दरवाज़ा इतना साफ है कि उस पर कहीं कोई निशान नहीं, कोई स्टिकर या दाग नहीं। ऐसे में अकसर चलते हुए लोगों को वह दिखाई नहीं देता और वे उस दरवाजे से टकरा जाते हैं। लेकिन अगर उस शीशे पर कोई निशान हो, कुछ गंदगी लगी हो या कोई स्टिकर वगैरह चिपका हो तो शीशा तुरंत नज़र आता है। इससे समझें कि शुद्ध में कुछ मिलावट होने पर वह दिखता है वरना नहीं और ईश्वर तो हर मिलावट से दूर है। ऐसे अलख निरंजन ईश्वर को सामान्य आँखों से कैसे देखा जा सकता! उसे देखने के लिए ध्यान की दृष्टि विकसित करनी होगी तभी उसका अनुभव हो सकेगा।

'अलख निरंजन' ध्यान विधि

ध्यान के इस अभ्यास में हमें प्रकाश की सहायता लेनी है। मान लीजिए, आप एक कमरे में बैठे हैं, जहाँ खिड़की या रोशनदान से सूर्य का प्रकाश आ रहा है। यदि आपकी दोनों आँखें खुली हैं तो सूर्य का प्रकाश दोनों आँखों पर बराबर पड़ेगा लेकिन यदि आप एक आँख को अपने हाथों से ढँक लेते हैं तो प्रकाश एक ही आँख पर गिरेगा, दूसरी पर नहीं। जिस आँख पर यह प्रकाश गिरेगा, वहाँ क्या फर्क महसूस होगा? निश्चय ही वह दूसरी आँख से कुछ अलग महसूस करेगी। वह प्रकाश की उष्मा और आभा महसूस करेगी। इस तरह प्रकाश के निमित्त बनने से आँख को अपने होने का एहसास होगा। कहने का आशय यह है कि अपनी उपस्थिति तभी महसूस होती है, जब कोई बाहरी चीज़ निमित्त बने। कान कुछ सुनने की कोशिश करता है तभी उसे अपना एहसास होता है। जब भूख लगती है तभी पेट का एहसास होता है कि पेट है और कुछ माँग रहा है।

इसी तरह हमारे भीतर की उस अलख निरंजन चेतना (सेल्फ) को हमारे शरीर की वजह से अपने होने का एहसास होता है वरना वह सर्वव्यापी है। इस ध्यान में हम इसी बात को अनुभव से समझने जा रहे हैं।

- ध्यान के लिए एक ऐसी जगह पर बैठें, जहाँ भरपूर रोशनी आ रही हो ताकि आप उसे निमित्त बना सके।
- एक नियत समय का अंतराल निर्धारित करें।
- सर्व प्रथम आँख बंद कर नियत समय के लिए सुविधाजनक आसन में बैठें।
- ध्यान की शुरुआत ए.एम.एस.वाय. सहयोगी ध्यान से करें। अपने ए. एम.एस. वाय. को ध्यान क्षेत्र में बुलाएँ और उससे ध्यान में सहयोग करने का आग्रह करें।
- उसके बाद तपर्पण ध्यान करें। पूरे भाव से कहें– 'मैं जो ध्यान करने जा रहा हूँ, उसका जो भी पुण्य हो वह मैं लोककल्याण के लिए अर्पित करता हूँ।'

1. अपनी एक आँख को हथेली को कपनुमा बनाकर उससे ढँक लें। ध्यान रखें, आँख पर किसी तरह का दबाव न हो, उसको सिर्फ ऊपरी तौर पर ढँकना है।

2. इस समय आपकी दोनों आँखें बंद हैं लेकिन एक हथेली से ढँकी होने की वजह से उस तक सूर्य की रोशनी बिलकुल नहीं पहुँच रही है। जबकि दूसरी बंद आँख पर गिर रही है।

3. अब जिस आँख पर रोशनी गिर रही है, वह आँख रोशनी को निमित्त बनाकर स्वयं को महसूस करने का प्रयास करें।

4. देखें, उस आँख के साथ क्या हो रहा है? वह बंद होते हुए भी रोशनी की उष्मता को महसूस कर रही है, आँख के अंदर लाली छा रही है, जो भी हो रहा है, उसे महसूस करें और ऐसा करते हुए अपनी आँख का अनुभव करें।

5. इस समय आँख रोशनी के कारण अपने होने का एहसास कर रही है। कुछ समय तक इस एहसास को चलने दें।

6. थोड़ी देर बाद अब यही प्रक्रिया दूसरी आँख के साथ दोहराएँ।

7. जो आँख अभी तक खुली थी, उसको हथेली का कप बनाकर ढँकें और जो ढँकी हुई थी, उसे हाथ हटाकर सामान्य रूप से बंद रखें।

8. अब दूसरी आँख पर सूर्य की रोशनी को महसूस करें। उसे निमित्त बनाकर आँख के होने का एहसास करें।

9. इस क्रम से बारी-बारी दोनों आँखों के साथ यह प्रक्रिया दोहराएँ। ध्यान रहे, एक बार में एक ही आँख हथेली से ढँकी हो और दूसरी आँख सामान्य रूप से बंद हो।

10. इस प्रक्रिया में आप महसूस करेंगे कि जो आँख हाथ से ढँकी हुई है, वह अपने होने का एहसास नहीं कर पा रही क्योंकि उसके पास कुछ अनुभव करने को नहीं है। जबकि जो आँख प्रकाश के संपर्क में है, वह स्वयं को महसूस करने का कार्य कर रही है इसीलिए उसे अपना अनुभव हो रहा है।

11. बहुत ही आसानी और एकाग्रता से यह ध्यान चलता है, जो इसकी विशेषता है।

12. समय अवधि समाप्त होने पर ध्यान को संपन्न करें।

13. ध्यान संपन्न होने के बाद जो तप का बल महसूस हो रहा है, उसे जीवकल्याण के लिए तपर्पण करें। कहें, 'मैं इस तप को जीवकल्याण के लिए अर्पित करता हूँ।'

14. धीरे-धीरे आँखें खोलेंगे।

ध्यान की यह एक्सरसाइज हमने आँख के साथ की। ठीक यही अवस्था चेतना (सेल्फ) की होती है। वह निराकार है अतः बिना किसी निमित्त के उसे अपना पता नहीं चलता। इसीलिए उसने खुद को महसूस करने के लिए शरीर का आकार बनाया। शरीर केवल निमित्त है, उसके भीतर जो ज़िंदा है वह सेल्फ है। जो अपनी ही माया के कारण खुद को भूल गया है। इस ध्यान के साथ उसने स्वयं का अनुभव किया।

जब इस बात में दृढ़ता आ आएगी कि हमारे शरीर में ऐसा खेल चल रहा है तो यह भी समझ आएगा कि सामनेवाले के शरीर में भी ऐसा ही चल रहा है। जिस आँख को हथेली से बंद किया उसको दूसरा शरीर समझें। समझ रखें कि 'यह दूसरा शरीर भी मैं (सेल्फ) ही हूँ, खाली उसे पता नहीं चल रहा, मुझे पता चल रहा है। ध्यान के प्रकाश की रोशनी में मैं स्पष्ट देख पा रहा हूँ कि सभी शरीरों में एक ही अनुभव दौड़ रहा है।' इस समझ के साथ अलख निरंजन ध्यान का अभ्यास करें।

अध्याय 12

खाली क्षेत्र पहचानने की कला

स्पेस ध्यान

इस अध्याय में आप स्पेस ध्यान की समझ प्राप्त कर, उसे करना सीखेंगे। किंतु उससे पूर्व स्पेस के बारे में कुछ बातें समझना ज़रूरी हैं। सामान्यतः स्पेस का नाम लेने पर हमारे दिमाग में खुला आसमान, खुली जगह, खुली छत आदि आते हैं। स्पेशियस यानी खूब खुली जगह, जहाँ हमें बहुत अच्छा लगता है। इसीलिए लोग शहर के कोलाहल से दूर पहाड़ों पर, समुद्र किनारों पर घूमना पसंद करते हैं क्योंकि वहाँ उन्हें स्पेस का दर्शन होता है। खुले स्पेस में घूमना, टहलना अच्छा लगता है। जो लोग छोटे-छोटे फ्लैट में रहते हैं, उन्हें अपनी छोटी सी ही सही मगर खुली बालकनी बड़ी प्यारी लगती है। वे वहाँ खड़े होते हैं और बाहर के स्पेस को महसूस करके खुश होते हैं। लेकिन यह स्पेस कहीं बाहर दूर नहीं, हमारे साथ ही है बल्कि हमारे अंदर भी है।

आपने अपनी स्कूल लाइफ में देखा होगा कि स्कूलों के पाठ्यक्रम में लगभग हर अध्याय के अंत में रिक्त स्थान भरने के प्रश्न होते हैं। जिनमें दो वाक्यों के बीच में रिक्त स्थान यानी स्पेस छोड़ा जाता है, जिसमें आपको सही उत्तर लिखना होता

है। यदि आप सोचकर देखें तो उस खाली जगह में लिखने के बाद भी वह पूरा नहीं भरता, कुछ स्थान शेष रह जाता है। अक्षरों के बीच में ऊपर-नीचे... वास्तव में स्पेस पूरा भरा ही नहीं जा सकता। हम जिस चीज़ से उसे भरेंगे उसके बीच में, अंदर-बाहर कुछ न कुछ स्पेस हमेशा मौज़ूद रहेगा।

जैसे जब आप कार में बैठते हैं तो कहते हैं, 'मैं कार में बैठा।' वास्तव में आप कार में नहीं बैठते हैं। कार के अंदर जो स्पेस है उसमें बैठते हैं, उस खाली जगह का उपयोग करते हैं। इसी तरह यदि आप किसी बगीचे में टहल रहे हैं तो कहते हैं- 'मैं बगीचे में टहल रहा हूँ।' जबकि आप बगीचे में नहीं टहलते बल्कि बगीचे में फूल, पौधों, पगडंडियों के बीच जो खाली स्थान बना हुआ है, उसका उपयोग करते हैं, वहाँ चलते हैं।

इसी तरह आपके शरीर के चारों ओर स्पेस है। आपका शरीर उस स्पेस में चलता-फिरता रहता है। इसके अतिरिक्त आपके शरीर के भीतर भी स्पेस है। शरीर के अंदर मांस, हड्डियों, नसों के बीच में भी स्पेस होता है। हर एक सेल, टिश्यू के बीच में स्पेस होता है। यदि आप किसी अणु का भी गठन, विघटन करें तो उसके भीतर रहनेवाले परमाणुओं के बीच में भी स्पेस होता है। आप स्पेस को कभी पूर्णतया नहीं भर सकते, उसकी उपस्थिति सदैव रहेगी। यह पूरा संसार इसी स्पेस के अंदर चल रहा है और संसार के बाहर भी स्पेस ही है। सबसे बड़ी बात अंदर का और बाहर का स्पेस एक ही है।

स्पेस, ईश्वर का गुण है

स्पेस उस परम ऊर्जा का गुण है, जिसे ईश्वर (सेल्फ) कहते हैं। विज्ञान में बड़ी-बड़ी खोजें चल रही हैं कि इस संसार की रचना कैसे हुई, कैसे यह पूरा संसार प्रकट हुआ? इसे यूँ समझें- आरंभ से भी पूर्व एक ऐसा बिंदु था, जिसमें बिलकुल स्पेस नहीं था। ईश्वर ने उस बिंदु के अंदर स्पेस और समय डाला। ऐसा होते ही उस बिंदु का विस्तार होने लगा। वह बढ़ता गया, बढ़ता गया और बढ़ते-बढ़ते पूरा ब्रह्मांड बन गया। उस बिंदु के अंदर जो मूल एनर्जी थी, उसी का पूरे ब्रह्मांड में विस्तार होता चला गया। वह एनर्जी उस ब्रह्मांड की हर एक चीज़

में है, वह उसके अंदर भी है और बाहर भी। ब्रह्माण्ड का विस्तार अभी भी चल ही रहा है क्योंकि ब्रह्माण्ड के बाहर भी स्पेस का विस्तार है और विस्तार भी ईश्वर का ही गुण है। इस विस्तार के भीतर ही उसकी लीला चल रही है, हम भी उसी लीला का हिस्सा हैं।

यदि हम इस स्पेस को देखना चाहें तो नहीं देख सकते। हमारी आँखों को स्पेस में रहनेवाली वस्तु ही दिखेगी, खाली स्पेस नहीं। जैसे आसमान देखते हैं तो उड़ते पक्षी, बादल आदि ही नज़र आते हैं। किंतु हम स्पेस को अनुभव कर सकते हैं, ईश्वर के इस गुण को महसूस कर सकते हैं। स्पेस ध्यान में हम ऐसा ही करने का प्रयास करेंगे। तो आइए, स्पेस ध्यान की विधि देखते हैं।

स्पेस ध्यान विधि

- सर्व प्रथम आँख बंद कर नियत समय के लिए सुविधाजनक आसन में बैठें।
- एक नियत समय अंतराल निर्धारित करें।
- ध्यान की शुरुआत ए.एम.एस.वाय. सहयोगी ध्यान से करें। अपने ए.एम.एस. वाय. को ध्यान क्षेत्र में बुलाएँ और उससे ध्यान में सहयोग करने का आग्रह करें।
- उसके बाद तपर्पण ध्यान करें। पूरे भाव से कहें– 'मैं जो ध्यान करने जा रहा हूँ उसका जो भी पुण्य हो, वह लोककल्याण के लिए अर्पित करूँगा।'

1. सर्व प्रथम अपने ध्यान को अपनी नासिका पर ले जाएँ।
2. कुछ पल आँख बंद करके नाक को महसूस करें कि वह कहाँ है, कैसी है? चेहरे से उभरकर बाहर निकली हुई है यानी वह स्पेस में है।
3. महसूस करें कि नाक ने बाहर कितना स्पेस कवर किया हुआ है।
4. अब उस स्पेस का अवलोकन करें, जो नाक के भीतर भी है। दोनों नासिका छिद्रों के भीतर जो स्पेस है, उसे महसूस करें। इस तरह आप पाएँगे कि स्पेस नाक के बाहर ही नहीं, नाक के भीतर भी है।
5. स्पेस में साँस आ रही है, जा रही है। उस आती-जाती साँस को महसूस करें। स्पेस में ही साँसों का ध्यान चल रहा है, इसे होता हुआ देखें।

6. इस प्रकार अवलोकन करने पर आप पाएँगे कि स्पेस एक ही है। वही नाक के अंदर भी है और बाहर भी। नाक एक ही स्पेस के बीच में आउट लाइन की तरह है, जो उसे दो में बँटा प्रतीत कराती है।

7. अब आप अपना ध्यान मुँह पर ले जाएँ और नाक की तरह ही मुँह के भीतर और बाहर के स्पेस को महसूस करें।

8. देखें उस स्पेस को जिसके भीतर आपके दाँत, ज़ुबान और होठों का आंतरिक भाग है।

9. जब आपकी ज़ुबान कोई उच्चारण करती है– जैसे तेजम्, सोहम्, शिवोहम् का जाप करती है तो जाप मुँह के आंतरिक स्पेस में चलता है और बाहर के स्पेस से निकलकर विलीन हो जाता है।

10. इस बात को महसूस करें कि मुख के भीतर–बाहर का स्पेस एक ही है। उसी स्पेस में मुख की गतिविधियाँ हो रही हैं।

11. इसी प्रकार ध्यान पूरे चेहरे पर ले जाएँ और महसूस करें, आपके पूरे चेहरे ने कितना स्पेस घेरा हुआ है। कान (कनपटी) के एक छोर से लेकर, कान के दूसरे छोर तक आपका चेहरा एक स्पेस में है। चेहरे के बाहर के स्पेस को महसूस करें।

12. अब अपने चेहरे के भीतर के स्पेस पर ध्यान दें। मुँह और कानों के अंदर का स्पेस, आँख, नाक सहित पूरे चेहरे के अंदर के भागों के बीच जो स्पेस है, उसे महसूस करें। यह वही स्पेस है, जो चेहरे के बाहर भी है।

13. देखें, आपके इसी चेहरे के भीतर मस्तिष्क है, बुद्धि है, कल्पनाएँ हैं, विचार शक्ति है। जो कुछ भी विचार चल रहे हैं, कल्पना हो रही है, वह सभी इसी स्पेस के भीतर हो रही है। जो कुछ निर्णय लिए जा रहे हैं, वह भी इसी स्पेस के भीतर हो रहा है।

14. इच्छाएँ प्रकट हो रही हैं या पूर्ण होकर विलीन हो रही हैं, ये सभी घटनाएँ इसी स्पेस के भीतर घट रही हैं। इस भीतर के स्पेस को भी जानें।

15. इसी तरह गले से लेकर फेफड़ों तक, फिर पेट और धीरे–धीरे पूरे शरीर के

हर हिस्से के भीतरी और बाहरी स्पेस का अवलोकन करें। उनके बाहरी और भीतरी स्पेस के एक होने को महसूस करें।

16. अब पूरे शरीर को एक साथ देखें, जिसके बाहर भी स्पेस है और भीतर भी। इन दो में बटी स्पेस के बीच में केवल एक आउट लाइन है, जिसे इंसान 'मैं' कहता है। सोचता है, 'इस शरीर के भीतर मैं हूँ।' वास्तव में वह मात्र एक आउट लाइन है। उसके अंदर-बाहर स्पेस ही है।

17. अनुभव करें– उस स्पेस में ऊर्जाएँ तरंगित हो रही हैं, जो घनिभूत होने के कारण ठोस दिखती हैं लेकिन वास्तव में हैं तरंग ही। शरीर का हर एक सेल तरंगित हो रहा है और ये सब गतिविधियाँ इसी स्पेस में चल रही हैं।

18. स्पेस को जानते हुए समय अवधि समाप्त होने पर ध्यान को संपन्न करें।

19. ध्यान संपन्न होने के बाद जो तप का बल महसूस हो रहा है, उसे जीवकल्याण के लिए यह कहते हुए तपर्पण करें कि 'मैं इस तप को जीवकल्याण के लिए अर्पित करता हूँ।'

20. धीरे-धीरे आँखें खोलें।

इस ध्यान के साथ आपको दो बातों की दृढ़ता मिलेगी। पहली यह कि आप उसी स्पेस से बने हैं, जिससे समस्त ब्रह्माण्ड बना है। आप वही स्पेस हैं। ध्यान में जैसा कहा गया है, शरीर मात्र आउट लाइन है, जो भीतर और बाहर के स्पेस को विभक्त करता है। जबकि यह अलगाव वास्तव में नहीं होता, बस प्रतीत होता है। क्योंकि यह आउट लाइन भी स्पेस की ही बनी है।

दूसरी यह कि हमारा शरीर जिन अणु-परमाणु से बना है और जो उनके भीतर भी सबसे छोटी यूनिट है, वह भी स्पेस से ही बनी है।

इस तरह स्पेस को स्पेस से स्पेस ही अलग कर रहा है। जिसे हम यूँ भी कह सकते हैं– स्पेस अलग है ही नहीं, सिर्फ उसके अलग होने का भ्रम हो रहा है। कहने का तात्पर्य– पूरी सृष्टि एक ही स्पेस है, एक ही ऊर्जा है, कहीं कोई अलगाव है ही नहीं।

अध्याय 13

कैवल्य, लय, शिथिलता का संगम

कैलाश ध्यान

'कैलाश' नाम पढ़कर यह विचार आना स्वाभाविक है कि यह कैलाश पर्वत या शिव भगवान से संबंधित कोई ध्यान होगा। जबकि ऐसा नहीं है। 'कैलाश' तीन शब्दों का शॉर्ट टर्म है- 'कै', 'ल', 'श'। ये तीनों अक्षर अलग-अलग अवस्था या गुण को प्रदर्शित करते हैं। इनमें पहला है 'कै' जो कैवल्य अवस्था के लिए है। यह स्वअनुभव (आत्मसाक्षात्कार) की अवस्था है, जिसमें इंसान अपना बोध, अपनी वास्तविक पहचान (मैं सेल्फ हूँ) पाता है। दूसरा अक्षर 'ल' है जो 'लय' शब्द को संबोधित करता है। लय का अर्थ है किसी के साथ सिंक्रोनाइजेशन या तालबद्ध होकर चलना। तीसरा अक्षर है 'श' जो शिथिलता के लिए है। शिथिलता यानी विश्रांति, आराम अवस्था। ऐसी अवस्था जहाँ तनाव या हड़बड़ी न हो, बस सहजता हो, आनंद हो। ये तीनों शब्द मिलकर बताते हैं कि हमें कैवल्य अवस्था से लयबद्ध होकर चलना है और अपने शरीर को भी उससे लयबद्ध रखना है।

कैवल्य अवस्था से मानसिक लयबद्धता

कैवल्य अवस्था से लयबद्ध होकर चलने से तात्पर्य यह है कि हमारी सोच,

हमारे निर्णय और कर्म उसी अवस्था से हों, जो आप हकीकत में हैं, न कि व्यक्ति (अहंकार) से प्रेरित हों। उदाहरण के लिए आपके किसी दोस्त का फोन आया कि उसे कुछ पैसों की सख्त ज़रूरत है। आपको तुरंत स्रोत (सेल्फ) से विचार आया कि आपका इतना अच्छा दोस्त है, आपको उसकी मदद करनी चाहिए। फिर आपने सोचा कि आप उसको तत्काल रू. ५००० दे देंगे। आपने दोस्त को मदद करने का वादा दिया। उसने कहा, 'ठीक है मैं थोड़ी देर में तुम्हारे पास आता हूँ।'

अब जितनी देर में वह दोस्त आया, आपके मन ने कलाबाज़ियाँ खानी शुरू कर दी, 'अभी ५००० दूँगा तो मेरा महीने का बजट बिगड़ जाएगा, हो सकता है मुझे दिक्कत होने लगे। ऐसा करता हूँ ५००० नहीं, ३००० दे देता हूँ। वैसे भी मुझे तो उससे कभी कोई काम पड़ा नहीं, मैंने तो उससे कभी कुछ नहीं माँगा' और ऐसी ही कलाबाज़ियों में आकर जब तक दोस्त आपके पास पहुँचा, आपने ५००० के ३००० कर दिए।

अब इस उदाहरण पर मनन करें। वह जो पहला मदद देने का विचार आया था, वह आपके स्रोत से आया था। उस वक्त आप अपने स्रोत से लयबद्ध थे। अतः आपको उससे मार्गदर्शन मिला और आपने उस पर अंमल कर दोस्त से वादा भी कर लिया। लेकिन फिर आप पर व्यक्ति हावी हो गया। उसने आपको उलटी पट्टी पढ़ाई और स्रोत का निर्णय बदलवा दिया।

अब समझनेवाली बात यह है कि आपको स्रोत से जुड़कर जीना है या अहंकार से जुड़े रहना है? यह चुनाव आपका है। यदि आप स्रोत से लयबद्ध होकर जीने का चुनाव करते हैं तो बाद में अहंकार कुछ भी कहता रहे, आप स्रोत के मार्गदर्शन पर ही चलेंगे, उसी के हुकुम पर कायम रहेंगे। यकीन मानिए, स्रोत के हुकुम पर चलने से आपको कभी भी कोई कमी नहीं आएगी, जीवन में सब कुछ सहजता से आएगा। जीवन सुख, शांति, आनंद और भक्ति के साथ बीतेगा।

कैवल्य अवस्था से शारीरिक लयबद्धता

शरीर हमारा सहयोगी है लेकिन हम उसको हमेशा एक गुलाम की तरह सेवारत रखते हैं। वह पूरा दिन हमारे आदेश पाने के लिए सज्ज खड़ा रहता है ताकि हम उसे कहीं दौड़ाना चाहें तो वह तुरंत दौड़ सके। जैसे किसी रेस में फाइनल कॉल शुरू होने से पहले खिलाड़ी कैसे बिलकुल तैनात खड़े रहते हैं। यही हाल हमारे शरीर के सभी

अंगों का है। वे सुबह से शाम तक तने हुए खड़े रहते हैं कि 'हमें अभी आदेश आएगा– यह करना है, वह करना है और हम चल पड़ेंगे।'

फिर रात होती है, हम अपना काम खत्म करके सो जाते हैं। लेकिन हम उन्हें यह सूचना ही नहीं देते कि उन्हें भी अब विश्रांति में जाना है, उनके लिए अब कोई नया आदेश नहीं है। इस कारण वे बेचारे उसी तरह तने बैठे रहते हैं क्योंकि उनको पता ही नहीं है कि अब फिलहाल उनका कोई काम नहीं। यही कारण होता है कि बहुत से लोग सात-आठ घंटे नींद लेने के बाद भी फ्रेश नहीं उठते। उनके शरीर में पीड़ा रहती है, तनाव रहता है। इतना सोकर भी फ्रेशनेस की फीलिंग नहीं आती क्योंकि उन्होंने सोने से पूर्व शरीर के अंगों को शिथिल नहीं किया होता है।

अब अपने शरीर को भी कैवल्य से लयबद्ध करना है। इसके लिए उसे समय-समय पर शिथिल करना है। जैसे जब कोई शवासन करता है तो कैसे एक-एक अंग पर ध्यान देकर, उसे कहता है– 'रिलैक्स हो जाओ, शिथिल हो जाओ।' ऐसा करना इसलिए ज़रूरी होता है ताकि उस अंग को विश्राम मिले, उसकी ऊर्जा वापस से इकट्ठी हो। जिस शरीर को विश्रांति नहीं मिलती, उसका असर सेल्फ पर भी पड़ता है। वह शरीर सेल्फ की अभिव्यक्ति में बाधा बनता है।

यह केवल शरीर को विश्रांति देने की बात नहीं है बल्कि स्रोत से लयबद्ध होने की बात है। जब इंसान 'मैं' बनकर कर्ता भाव से कर्म करता है तो उसका शरीर सारी ज़िम्मेदारी का बोझ वहन करता है, जिस कारण उसके शरीर में बहुत तनाव रहता है। कंधों, घुटनों, कमर का दर्द, उच्च रक्तताप आदि बीमारियाँ उसकी इसी सोच का परिणाम होती हैं। जैसे ही वह स्रोत से लयबद्ध होता है और यह सोचकर कर्म करता है कि 'करानेवाला, करनेवाला ईश्वर है, यह शरीर मात्र निमित्त है' तो इस एक भाव से उसके शरीर का बोझ हट जाता है। यह विचार शरीर को शिथिल कर, उसे स्रोत से लयबद्ध करता है। फिर वह हर काम सहजता से, आनंद से स्रोत से जुड़कर, उससे मार्गदर्शन लेकर करता है।

अब हम जो ध्यान करने जा रहे हैं, वह 'कैवल्य लय शिथिलता' ध्यान है, जिसे संक्षिप्त में 'कैलाश' ध्यान कहा गया है। इसमें आपको अपने शरीर को शिथिल करके कैवल्य से लयबद्ध करने का अभ्यास करना है।

कैलाश ध्यान क्यों करना है

ध्यान कोई भी हो, यह वे ही लोग कर पाते हैं, जिन्हें अपने जीवन का वाय (Why, क्यों) पता है। उनके अलावा अन्यों के लिए यह करना संभव नहीं। इस बात को एक वृतांत से समझते हैं।

एक बार शहीद भगत सिंह की माँ ने उनसे पूछा, 'तुम्हारी शादी की उम्र हो गई है शादी कब करोगे?' भगत सिंह ने जवाब दिया- 'माँ, मेरी शादी हो चुकी है।' माँ को आश्चर्य हुआ- 'हो चुकी है, कब, किससे?' भगत सिंह ने दृढ़तापूर्वक उत्तर दिया- 'आज़ादी से, मेरी शादी देश की आज़ादी से हो चुकी है।'

भगत सिंह को अपने जीवन का वाय यानी लक्ष्य स्पष्ट था। उन्हें आज़ादी पाने के लिए जीना था और इसी लक्ष्य के अनुरूप कार्य करने थे। फिर भले ही वे कितने ही तकलीफदेह हों। आज़ादी ही उनकी दुल्हन थी। यदि आपको यह मालूम है कि आपको ध्यान क्यों करना है, इसे करने से आपको क्या मिलेगा, कौन सा परमधन प्राप्त होगा? तो आप हर बाधा को पार करते हुए इसे अवश्य करेंगे।

कैलाश ध्यान विधि

यह ध्यान आपको एक बीज बनकर करना है। इसमें आप ऐसे बैठेंगे, जैसे बीज को ज़मीन के अंदर डाल दिया गया है। सोचकर देखें वह बीज कैसे बैठेगा? वह पूरी तरह समर्पित होकर, पूर्ण विश्रांति की अवस्था में बैठा है। वहाँ उसे कुछ करने के लिए नहीं है। जो करेगी, प्रकृति करेगी। बीज के अंदर पूरा पेड़ है और वह पेड़ प्रकृति के नियम  अनुसार अपने आप धीरे-धीरे फलेगा, फूलेगा। बीज की बस इतनी ही भूमिका है कि उसे खुद को प्रकृति को सौंपकर निश्चिंत हो जाना है। साक्षीभाव से खुद का रूपांतरण होते हुए देखना है। आपको भी स्वयं को बीज मानकर उसी विश्रांति और निश्चिंतता के भाव से कुदरत को समर्पित होकर ध्यान में बैठना है। आइए, अब ध्यान आरंभ करते हैं।

- सर्व प्रथम आँख बंद कर एक नियत समय के लिए सुविधाजनक आसन में बैठें।

- एक नियत समय अंतराल निर्धारित करें।
- ध्यान की शुरुआत ए. एम.एस.वाय. सहयोगी ध्यान से करें। अपने ए. एम.एस.वाय. को ध्यान क्षेत्र में बुलाएँ और उससे ध्यान में सहयोग करने का आग्रह करें।
- उसके बाद तपर्पण ध्यान करें। पूरे भाव से कहें- 'मैं जो ध्यान करने जा रहा हूँ, उसका जो भी पुण्य अर्जित होगा, वह मैं लोककल्याण के लिए अर्पित करूँगा।'

1. स्वयं को एक बीज के रूप में महसूस करें, अपना व्यक्ति होने का एहसास छोड़ दें।
2. अपने सभी अंगों को शिथिल करें। सभी से कहें, 'एक बीज की तरह पूर्ण विश्रांति की अवस्था में आ जाओ। कुछ करने का भार उतार दो और स्वयं को कुदरत को सौंप दो।'
3. जैसे एक बीज को ज़मीन के अंदर बो दिया जाता है, वैसे ही इस क्षण महसूस करें। उस एहसास में जाएँ, स्वयं को बीज के रूप में रोपा हुआ महसूस करें।
4. आपको ज़मीन के अंदर बो दिया गया है तो अब आपको क्या करना है? समझ रखें कि आपको कुछ नहीं करना है। सारे प्रयास छोड़ दें क्योंकि आपके पास कुछ करने को है ही नहीं। यह कितने आनंद और सुकून की बात है कि रूपांतरित होने के लिए, बीज से पौधा बनने के लिए आपको कुछ नहीं करना है।
5. बीज बनकर सब कुछ छोड़ दें। साँसें धीरे-धीरे सहज चल रही हैं। कोई विचार, कोई इच्छा नहीं। कुदरत आपके ऊपर काम कर रही है और यह जानकर आप निश्चिंत हैं कि आपको कुछ करने को है ही नहीं, आप धरती की गोद में इत्मीनान से बैठे हैं।
6. १ मिनट में ५ से ७ तक धीरे-धीरे साँस लें और बाहर छोड़ें। जब साँस बाहर छोड़ें तो कुछ क्षणों के लिए जितना सहजता से संभव है रुकें, फिर लें।

7. बीज (आप) के पास और कोई काम नहीं है, साँसें भी सही चल रही हैं, आपको उसे बस जानना है।

8. आप पूर्ण विश्वास से बैठे हैं कि प्रकृति ने अपना काम करना शुरू कर दिया है। वह कुछ कर रही है या नहीं, यह सवाल भी मन में नहीं है। सब कुछ छोड़ दिया है।

9. जब ज़मीन के ऊपर थे तो बहुत कुछ कर रहे थे, दिमाग में पूरी प्लॉनिंग थी, अभी यह करना है, वह करना है। लेकिन अब भूगर्भ में हैं अतः शांत बैठे हैं।

10. शरीर पर जो भी महसूस हो रहा है, होने दें। उसे न अच्छा मानें, न बुरा। किसी भी बात की, किसी भी विचार की, कोई प्रतिक्रिया न दें। क्योंकि आप भूगर्भ में पूरी तरह समर्पित हैं। आप न हिल रहे हैं, न डुल रहे हैं, बस उपस्थित हैं।

11. खेत में आजू-बाजू लगे अन्य बीजों (साधकों) से यदि कुछ समस्या आए, कुछ आवाज़ सुनाई दे तो खुद को बताएँ– 'मैं गर्भ में हूँ इसलिए नो प्रतिक्रिया, प्रकृति अपना काम कर रही है।'

12. शरीर में पीड़ा उठी, पसीना आया, दर्द, खुजली कुछ भी हुआ तो स्वयं को बताएँ– 'मैं गर्भ में हूँ, नो प्रतिक्रिया।'

13. अंदर चाहत उठी, पैरों का आसन बदलें, कमर सीधी करें, हाथ की कलाई घुमाएँ तो भी स्वयं को याद दिलाएँ– 'नो प्रतिक्रिया क्योंकि मैं गर्भ में हूँ।'

14. जो भी इच्छा उठ रही है, विचार उठ रहे हैं, उसे साक्षी भाव से देखकर गुज़रने दें और आप हर प्रतिक्रिया से मुक्त रहें।

15. इस वक्त गर्भावस्था की फीलिंग है और साँसें चल रही हैं। क्या हो रहा है, कैसे हो रहा है, यह चेक करने के लिए मन नहीं है। जो है, जैसा है, उसे बस समर्पित भाव से जानते रहें।

16. अगर शरीर के किसी हिस्से में सुख है तो उसे बढ़ाने की कोशिश नहीं करनी है। शरीर के किसी हिस्से में दुःख या दर्द है तो उसे हटाने का प्रयास नहीं करना है। जो कुछ भी है अनासक्त भाव से जानते रहें, कोई प्रतिक्रिया न दें।

17. आपने स्वयं को ईश्वर के ऊपर छोड़ दिया है। जब ईश्वर चाहेगा आपको अंकुरित करेगा यानी आपका आध्यात्मिक विकास होगा। आपके अंदर से चेतना रूपी पौधा बाहर आएगा। इसके लिए आपको कोई ज़िद नहीं करनी है। यह आपको बीज से सीखना है।

18. जो भी बाहर आना है, वह पहले से ही आपके अंदर है। बीज के अंदर ही पौधा होता है, जो वृक्ष बनता है, सिर्फ उसके प्रकटिकरण की प्रक्रिया चल रही है। आपको कुछ बदलना या बनना नहीं है। आप वह पहले से ही हैं। ध्यान में सिर्फ कुदरत को मौका दे रहे हैं, उसे बाहर लाने का।

19. कुछ देर इसी अवस्था में बैठे रहें। कोई जजमेंट न करें कि क्या हुआ। उस मौन की अवस्था में, कैलाश अवस्था में मात्र उपस्थित रहें।

20. यदि आपको यह कैलाश अवस्था महसूस हो रही है तो उस भावना को, आनंद को अपनी स्मृति में डाल लें।

21. सोचें, कुछ ही क्षणों बाद आप ज़मीन से बाहर एक नए शरीर के साथ, नई समझ के साथ बाहर आएँगे। आपकी चेतना बीज से वृक्ष बन चुकी है, आपका रूपांतरण हो चुका है और इस सुखद परिवर्तन के साथ आप आगे का जीवन जीने को तैयार हैं।

22. इस फीलिंग को अपने भीतर जमा करने के लिए एक हाथ की उँगली से दूसरी हथेली पर टैप करें, उसे हलका सा थपथपाएँ। ऐसा करते हुए अपने नए रूपांतरित शरीर को महसूस करें, जो कैवल्य के साथ लयबद्ध है।

23. ध्यान संपन्न होने के बाद जो तप का बल महसूस हो रहा है, उसे जीवकल्याण के लिए तपर्पण करें, यह कहते हुए कि 'मैं इस तप को जीवकल्याण के लिए अर्पित करता हूँ।'

24. धीरे से आँखें खोलें और कैलाश फीलिंग के साथ ध्यान से उठें।

25. हर दिन जब भी याद आए तो एक हाथ की उँगली से दूसरे हाथ पर टैप करें तब अपने आप कैलाश ध्यान की फीलिंग उभरकर आएगी। समय के साथ यह बलवती होते जाएगी।

हर इंसान एक बीज ही है, जिसके अंदर चैतन्य रूपी वटवृक्ष छिपा है। वह बीज के खोल को तोड़कर बाहर आना चाहता है, खिलना-खुलना चाहता है। मगर यह तभी संभव है जब हम अपने मन और शरीर को उस चैतन्य से लयबद्ध करें। तभी वह हमारे शरीर से अपनी दिव्य अभिव्यक्ति कर पाएगा और हमारा पृथ्वी पर आने का उद्‌देश्य पूर्ण होगा। कैलाश ध्यान के साथ आप यह लयबद्धता प्राप्त कर सकते हैं।

'ध्यान' इस विषय को गहराई से समझने के लिए ध्यान की पुस्तक को दो भागों में विभाजित किया गया है। पुस्तक का पहला भाग है- 'ध्यान और तपर्पण' और दूसरा भाग, जो आपके हाथ में है- 'गहरे ध्यान'। पहले भाग में छह और दूसरे भाग में छः, इस प्रकार दोनों भागों में कुल मिलाकर बारह ध्यान विधियों के बारे में जानकारी दी गई है।

अब तक आपने इस पुस्तक में लिखी ध्यान विधियों को जाना है। आइए, अब अगले भाग में 'ध्यान और तपर्पण' पुस्तक में दी गई ध्यान विधियों को संक्षेप में जानेंगे। जो पाठक किसी कारणवश भाग एक नहीं पढ़ पाए हैं, वे इस खण्ड के ज़रिए उसमें दी गई ध्यान विधियों का सार जान सकते हैं। तो चलिए, एक ही पुस्तक में सभी बारह ध्यान विधियों (पाठयक्रम) का एकत्रित लाभ लेने के लिए बढ़ते हैं अगले भाग की ओर...।

ध्यान और तपर्पण

Syllabus of Meditation

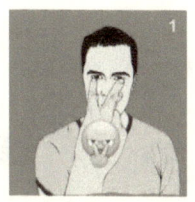

खुली आँखों से ध्यान

पहले भाग की ध्यान विधि

आइए, उन छः ध्यान विधियों को भी संक्षेप में समझ लेते हैं, जो पूर्व प्रकाशित पुस्तक 'ध्यान और तपर्पण' में संकलित हैं।

इन भागों में जो भी ध्यान विधियाँ दी गई हैं, उनका शुरुआती चरण इस प्रकार होगा-

सर्व प्रथम आँख बंद कर एक नियत समय के लिए सुविधाजनक आसन में बैठें। २० मिनट का समय अंतराल निर्धारित करें। ध्यान की शुरुआत ए.एम.एस.वाय. सहयोगी ध्यान से करें। उसके बाद तपर्पण ध्यान करें। पूरे भाव से कहें, 'मैं जो ध्यान करने जा रहा हूँ, उसका जो भी पुण्य अर्जित होगा, वह मैं लोक कल्याण के लिए अर्पित करता हूँ।'

पहले भाग में आपको दो तरह के ध्यान करने हैं, जिनमें पहला है- 'खुली आँखों का ध्यान।'

खुली आँखों का ध्यान (१) - दृष्टि ध्यान

इस ध्यान में आप अपनी दृष्टि से ध्यान करेंगे। आपकी दृष्टि में यदि सामनेवाले के लिए मंगल कामना, करुणा, शुभ भावना होगी तो वह दृष्टि, देखने की क्रिया को भी ध्यान बना डालेगी।

ध्यान विधि

- सबसे पहले अपने शरीर को साक्षी भाव से देखें।
- अब महसूस करें कि आपके भीतर बैठी परमचेतना इस शरीररूपी गाड़ी को खींच रही है। आप उस गाड़ी के अंदर बैठे हैं और बाहर जो भी दिख रहा है जैसे- इंसान, जीव-जंतु, वनस्पति उसे साक्षी भाव से देख रहे हैं।
- घर, ऑफिस, कॉलेज, बाज़ार जहाँ कहीं भी आप हों, सामनेवाले को हीलिंग, करुणा और प्रेम की नज़र से देखें।
- साथ ही अपने शरीर को भी करुणा, प्रेम, हीलिंग दें। उसे धन्यवाद दें कि उसके होने से आप पृथ्वी पर कितना कुछ कर पा रहे हैं।

खुली आँखों का ध्यान (२) - अंतरावलोकन ध्यान (इंट्रोस्पेक्शन)

अंतरावलोकन (इंट्रोस्पेक्शन) का अर्थ है, आत्मनिरीक्षण या आत्ममंथन। इस ध्यान में आँखें बंद करने की आवश्यकता नहीं है।

अंतरावलोकन करते हुए पूरी ईमानदारी बरतनी है क्योंकि यह आप अपने लिए कर रहे हैं, किसी और को दिखाने के लिए नहीं।

ध्यान विधि- पहला चरण

- जब भी ध्यान के लिए बैठें, उसके २४ घंटे पीछे याददाश्त को लेकर जाएँ। उदाहरण के लिए यदि दोपहर का समय है तो याद करें कि कल दोपहर ठीक इसी समय आप कहाँ पर थे, उस वक्त दिनभर क्या-क्या किया? कहाँ-कहाँ सुस्ती की? कहाँ फुर्ती थी? किससे झगड़ा मोल लिया? जो भी आपके साथ हुआ, उसे अपने मस्तिष्क पटल पर चलचित्र की भाँति देख लें।
- इस तरह अंतरावलोकन करने पर आपको दिखेगा कि जो भी हुआ, उसमें कुछ

पॉजिटिव था और कुछ निगेटिव। महत्वपूर्ण यह है कि पिछले २४ घंटे में जो भी घटनाएँ घटीं, उन्हें साक्षीभाव से देखकर आप समझ पाए कि किस तरह आपसे ऑटोमैटिकली प्रतिसाद निकलता है, जो भविष्य में आपको सहयोग करता है या आपके लिए समस्याएँ पैदा करता है। ये सब दिखना महत्वपूर्ण है।

इस ध्यान से आपकी आंतरिक जागरूकता बढ़ेगी। आपको अपने ऐक्शन दिखाई देने लगेंगे।

ध्यान विधि – दूसरा चरण

अंतरावलोकन ध्यान के दूसरे चरण में आपको 'आहा' साक्षी बनना है। 'आहा' यानी AHA. इसमें आपको ए से एच तक हर अल्फाबेट के साथ जुड़े भाव का अवलोकन करना है। फिर पुनः A पर आना है। A, B, C, D का आधार इसलिए लेना है ताकि कोई भी भाव छूट न जाए।

जैसे ए से एंगर (क्रोध), बी से बुद्धि और बाह्य इंद्रियाँ, सी से कनफ्यूजन, डी से डिप्रेशन (निराशा), ई से ईगो (अहंकार), एफ से फ्यूचर (भविष्य), जी से ग्रीड (लालच), एच से हेटरेड (नफरत)। अंतरावलोकन करें कि किन-किन स्थितियों में ये भावनाएँ उठती हैं? इस ध्यान के साथ आपको अपने अंदर झाँककर, छिपे हुए राज़ बाहर निकालकर लाने हैं।

साँसों के ध्यान

दूसरे भाग की ध्यान विधि

ध्यान का असली उद्देश्य है, अनुभव से जान लेना कि हम शरीर नहीं हैं बल्कि शरीर के भीतर रहनेवाली चेतना हैं। हमारा शरीर ५ परतों से बना है। अन्न से बना अन्नमय शरीर, साँस से चलनेवाला प्राणमय शरीर, विचारों से चलनेवाला मनमय शरीर, विवेकमय शरीर और इन चारों परतों के बीच में रहते हैं वास्तविक आप यानी परम चैतन्य (सेल्फ, स्रोत)।

हमारा लक्ष्य है बाहरी स्थूल शरीर से पाँचवीं परत- सेल्फ की ओर जाना। स्वयं से कहें- 'मैं शरीर नहीं, प्राण हूँ' और इसी भाव में रहते हुए यह ध्यान करें।

चलते-फिरते साँस ध्यान - १

इस ध्यान में आपको चलते-फिरते साँसों पर कार्य करना है। यह भी देखना है कि आप कितनी देर तक अपनी साँस रोक सकते हैं। आइए, ध्यान की विधि देखते हैं।

- एक साँस अंदर लें और उसे बाहर छोड़ने के बाद गिनती गिनें १-२-३... या कभी १-२-३-४-...।

- आप देखेंगे कि कुछ समय बाद दो साँस के बीच के अंतराल में गिनती बढ़ रही है। ऐसा करते हुए आपको स्वयं से ज़बरदस्ती नहीं करनी है।

बैठकर करनेवाला साँस ध्यान – २

- धीरे-धीरे साँस को महसूस करते हुए साँस लें। मन में यह भाव रखें कि 'मैं यह साँस हूँ'।
- साँस लेकर थोड़े समय के लिए रुकें। फिर साँस को धीरे-धीरे छोड़ें। देखें कि आप १ मिनट में कितनी बार साँस लेते हैं।
- प्रति मिनट साँसों की संख्या को कम करते हुए ७ तक ले जाएँ।

निराकार, शरीर-मन ध्यान – डबल ब्रिदिंग मेडिटेशन

- अंदर जानेवाली और बाहर आनेवाली साँस को दो हिस्सों में छोड़ें... यानी आधी साँस लेकर थोड़ा रुकें और उसके बाद बची हुई साँस को अंदर लें... साँस छोड़ते हुए भी यही तरीका अपनाएँ...

  ◻ अंदर जानेवाली आधी साँस को कहें 'निरा' और दूसरी आधी साँस को कहें 'कार' यानी पूरी साँस कहेगी– 'निरा...कार'

  ◻ ठीक ऐसे ही बाहर आनेवाली साँस के पहले हिस्से के साथ शब्द जोड़ें 'शरीर' और दूसरे हिस्से के साथ कहें 'मन' यानी बाहर आनेवाली पूरी साँस कहेगी 'शरीर... मन'

  ◻ सहजता से इसे करते रहें... शब्द जोड़ते रहें– निरा...कार... शरीर...मन... निरा...कार... शरी... मन...

  ◻ यह करते-करते इस बोध में स्थापित हो जाएँ कि मैं शरीर-मन नहीं, निराकार हूँ...

  ◻ धीरे-धीरे आँखें खोलें।

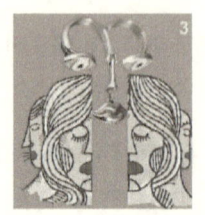

जप साधना

तीसरे भाग की ध्यान विधि

जप साधना, ध्यान का सबसे सरल, सहज तरीका है, जिसे कोई भी सामान्य इंसान चाहे वह शिक्षित हो या अशिक्षित, आसानी से अपना सकता है। जिस सत्य को पाने के लिए साधक बड़े-बड़े जटिल ग्रंथों का पठन-अध्ययन करते हैं, बड़ी-बड़ी साधनाएँ, तप आदि करते हैं, उस सत्य को सहज जप मार्ग से भी पाया जा सकता है।

जप ध्यान की समझ

जिस भी नाम का स्मरण या उच्चारण कर, आप उस सर्वव्यापी परम चेतना का अनुभव करते हैं, आपके लिए उसी नाम का जाप श्रेष्ठतम है। अतः शब्दों में न उलझते हुए जाप ध्यान का मर्म समझें।

वास्तव में शब्द तो मात्र निमित्त हैं, महत्त्व उसके पीछे छिपे भाव का है। जप ध्यान ऐसा ध्यान है, जो किसी भी समय, कहीं भी और कितने भी समय के लिए किया जा सकता है। इसे आप चलते-फिरते, काम करते हुए या एक जगह ध्यान मुद्रा

में बैठकर भी कर सकते हैं। आइए, पहले चलते-फिरते जप ध्यान की विधि समझते हैं।

चल जप ध्यान

जिस भी नाम, शब्द, मंत्र पर आपकी श्रद्धा हो, बारंबार उसी का जाप करें, मन को उसी पर टिकाए रखें। इससे आपमें भक्ति और समर्पण तो बढ़ेगा ही, साथ ही आप कर्मबंधनों में बंधने से भी बच जाएँगे। किसी के बारे में बुरा बोला, बुरा सोचा, निंदा, चुगली की तो कर्मबंधन बन जाता है। मगर जप ध्यान में रहने से आपके मन और ज़ुबान को ऐसे कर्मबंधन बाँधने के मौके ही नहीं मिलेंगे, जिससे आप मुक्त और आनंदित रहेंगे।

अचल जप ध्यान

- जिस भी शब्द, नाम, मंत्र, वाक्य में आपकी श्रद्धा हो, उसका जाप के लिए चयन करें। उदाहरण के लिए हम यहाँ पर 'एकम्' (वन) शब्द का जाप करेंगे।
- अब इसी एक जप नाम पर मन को केंद्रित करें और जाप आरंभ करें।

  एकम्, एकम्... एकम्, एकम्...
- कुछ समय बाद आप पाएँगे कि धीरे-धीरे जाप की आवाज़ कम-कम होती जा रही है और जाप आपके अंदर चल रहा है।
- यही अजपा जाप है, जिसे अपने होने का एहसास कहा गया है।
- आँखें खोलें और ध्यान से उठें।

चेतना के ऐसे उच्चतम स्तर पर ध्यान, स्वध्यान में रूपांतरित होता है। स्वध्यान यानी स्वयं का अनुभव। जब इंसान का मन पूरी तरह खामोश होकर नमन हो जाता है, समर्पित हो जाता है तब स्वसाक्षी (सेल्फ) प्रकट होता है।

4

विचारों की समझ

चौथे भाग की ध्यान विधि

ध्यान यात्रा के चौथे भाग में आपको विचारों की समझ प्राप्त करनी है। विचार यानी वे संवाद जो हमारे भीतर चलते रहते हैं। हम जो भी अपने भीतर देखते, कहते, सुनते हैं, वे हमारे विचार कहलाते हैं। विचारों के पुलिंदे को 'मन' कहते हैं।

विचारों में इतनी शक्ति है कि वे नव निर्माण भी कर सकते हैं और संहार भी। विचारों की ताकत को देखते हुए, इस भाग में हमें अपने विचारों और स्वयं के बीच में एक फासला बनाना है। विचारों के साक्षी बनकर ही हम उनसे अलग होकर, उनकी लगाम अपने हाथों में ले पाएँगे।

इसके लिए हम सविकल्प विचार ध्यान विधि को अपनाएँगे। इसमें विचारों का आलंबन लेकर ध्यान की गहराई में डुबकी लगाई जाती है। यहाँ पर सविकल्प ध्यान की तीन तकनीकें दी जा रही हैं। इनमें से किसी पर भी अभ्यास करके आप विचारों के साक्षी बन पाएँगे।

विचारों का साक्षी ध्यान

इस ध्यान में आपको अपने विचारों को देखना मात्र है। कोई प्रश्न नहीं, उन्हें लेकर कोई जजमेंट या लेबलिंग नहीं, बस देखना भर है।

- यह देखें कि आपके मन में कौन-कौन से और किस तरह के विचार चल रहे हैं। विचारों का विरोध न करें। सहज भाव से बस साक्षी बनकर देखते रहें।

- घर के, ऑफिस के, रिश्तेदारों के जिनके भी विचार आएँ, देखते रहें। प्रतिक्रिया न दें।

- आपको अलग-अलग विषयों पर अलग-अलग विचार आते रहेंगे, जो कहीं न कहीं आपकी अपनी पहचान से जुड़े होंगे। आपको इन विचारों से फासला बनाते हुए मात्र देखना है।

- सभी विचारों को साक्षी बनकर देखने से आपको उस पहचान की भी जानकारी मिलेगी, जो आपने स्वयं को दी हुई है।

- विचारों के दर्शन के साथ 'विचार कौन देख रहा है?' उसे जानने का प्रयास करें क्योंकि वही स्वसाक्षी (सेल्फ) है।

विचार गिनती ध्यान

इस ध्यान में विचारों से बिना चिपके, उनसे फासला रखकर उन्हें केवल नंबर देना है।

- ध्यान की शुरुआत में हर विचार को साक्षी भाव से देखना आरंभ करें।

- हर विचार को एक नंबर दें। जैसे ही कोई विचार आया मन ही मन कहें १... दूसरा विचार आया तो कहें २...।

- यदि कोई विचार न हो तो शांत रहें और यदि यह विचार आए कि 'मुझे इस वक्त कोई विचार नहीं आ रहा है' तो उस विचार को भी एक नंबर दें क्योंकि यह भी एक विचार है।

- बीच में ही अगर आप विचारों को नंबर देना भूल जाएँ तो परेशान न हों। जैसे ही याद आए विचारों को पुनः नंबर देना शुरू करें।

- कुछ समय बाद आप पाएँगे कि विचारों का आना धीरे-धीरे कम होता जा रहा है। इसे करते रहने से आप निर्विचार अवस्था पर पहुँच सकते हैं।

विचार अंतराल ध्यान

विचारों को साक्षी भाव से देखकर आपको महसूस होगा कि दो विचारों के बीच एक सूक्ष्म अंतराल होता है। इस अंतराल में ही सेल्फ का अनुभव किया जा सकता है। आइए, इस समझ को विचार अंतराल ध्यान में प्रैक्टिकल रूप से लागू कर देखें।

- अपना ध्यान विचारों पर ले जाएँ और उन्हें आते-जाते साक्षी भाव से देखें।
- देखें कि किस तरह के विचार आ रहे हैं। कभी नकारात्मक तो कभी सकारात्मक, कभी काम के विचार तो कभी बोरडम के। हर तरह के विचारों को आते-जाते देखें।
- अब अपना ध्यान विचारों से हटाकर विचारों के बीच के अंतराल पर ले जाएँ। अर्थात दो क्रमबद्ध विचारों के बीच के अंतराल को अनुभव करने का प्रयास करें।
- उस अंतराल में आपको महसूस होगा कि कोई विचार ही नहीं है। सब कुछ रुका हुआ है, सब मौन है।
- उस मौन को साक्षी भाव से जानते रहें।
- यदि दो विचारों के बीच का अंतराल छूट जाए तो चिंता न करें, नए विचारों के आनेवाले अगले अंतराल पर ध्यान दें।
- इस तरह विचार अंतराल को अनुभव करने का नियत समय पूरा होने पर तपर्पण के साथ ध्यान को समाप्त करें। ध्यान के फल को लोक कल्याण के लिए अर्पण करें और ध्यान से उठें।

इच्छाओं से आज़ादी

पाँचवें भाग की ध्यान विधि

यह जीवन शतरंज की बिसात जैसा है, जहाँ पल-पल, हर कदम पर नई इच्छाएँ पनपती हैं। कुछ पूरी होती हैं तो कुछ नहीं होती। किसी इच्छा में बाधा आने पर इंसान कुढ़ना, झल्लाना, दुःखी या चिंतित होना शुरू करता है। इनसे मुक्ति के लिए आइए, खुली आँखों से ही यह ध्यान करना शुरू करें।

- कुढ़न, चिंता शुरू होने पर तुरंत सवाल पूछें- 'इस क्षण ऐसा क्या है, जो मुझे अस्वीकार हो रहा है?'
- कई बार चिंता न होते हुए भी कुछ अच्छा नहीं लग रहा हो तो खुद से पूछें, 'इस क्षण ऐसा क्या है, जो मुझे अस्वीकार हो रहा है?' निश्चित रूप से आपको कोई ऐसी इच्छा पकड़ में आएगी, जो पूरी नहीं हो रही है या कुछ आपके हिसाब से नहीं हो रहा है।
- अगर आप अपनी इच्छाओं को पकड़ना सीख गए तो आज़ादी का अनुभव करने के लिए उन्हें बस रिलीज करना है।

- यदि आप उस इच्छा को रिलीज नहीं कर पाते तो खुद से पूछें– 'मुझे क्या चाहिए कुढ़न या आज़ादी?' यदि आपका चुनाव आज़ादी है तो आप उस इच्छा को सहजता से छोड़ पाएँगे।
- इच्छा छोड़ने के बाद एक बार पुनः स्वयं से पूछें, 'इस वक्त ऐसा क्या है, जो मुझे अस्वीकार हो रहा है?' यदि जवाब आए– 'कुछ नहीं, नथिंग' तो समझिए आप मुक्त हैं।

बंद आँखों से इच्छा मुक्ति ध्यान

जब तक आप चलते-फिरते यह ध्यान करने में निपुण नहीं होते तब तक इसके लिए एक निश्चित अवधि तय करें और बैठकर बंद आँखों से ध्यान करें।

- अपने अंदर झाँककर देखें कि इस वक्त क्या-क्या इच्छाएँ चल रही हैं अथवा दबी हुई हैं। मन में उठनेवाली सभी इच्छाओं का दर्शन करें।
- उन इच्छाओं को रिलीज करें और स्वयं से कहें, 'मैं इन इच्छाओं से मुक्त हूँ, आज़ाद हूँ।' ऐसा कहते ही आप पाएँगे कि आपके तनाव कम होते जा रहे हैं।
- ध्यान करते हुए बाहर से शोर सुनाई दे, मन में कुढ़न हो, ध्यान में व्यवधान महसूस हो तो तुरंत अपनी इच्छा को पकड़कर स्वयं से कहें, 'मैं इस इच्छा से मुक्त हूँ क्योंकि मैं आज़ाद हूँ।'
- इस तरह ध्यान के दौरान कोई भी इच्छा प्रकाश में आए तो तुरंत उसे पहचानकर, रिलीज करें।
- हर इच्छा पर खुद को स्मरण कराएँ, 'मैं इस इच्छा का गुलाम नहीं हूँ। यह पूरी हो या न हो, मुझे फर्क नहीं पड़ता क्योंकि मैं आज़ाद हूँ, आज़ादी हूँ।'
- महसूस करें, आपकी इच्छाओं को पकड़ने की संवेदनशीलता और सतर्कता बढ़ती जा रही है, इच्छाओं के प्रति आपकी आसक्ति टूटती जा रही है। अब आप इच्छाओं के गुलाम नहीं हैं। आपके अंदर मुक्ति का एहसास बढ़ रहा है।

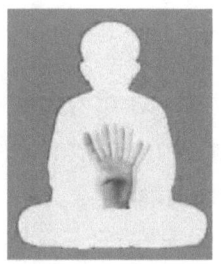

नेति-नेति ध्यान - मैं क्या नहीं हूँ?

छठवें भाग की ध्यान विधि

नेति-नेति का अर्थ है- 'यह भी नहीं, वह भी नहीं' नाइदर दिस, नॉर दैट (neither this nor that)। यदि आपको कुछ ऐसा खोजना है, जिसे आप जानते नहीं हैं तो इसके दो तरीके हैं। पहला यह कि आपको बताया जाए वह कैसा दिखता है, उसमें क्या-क्या गुण हैं, उसका रूप-रंग कैसा हैं, उसकी क्या-क्या विशेषताएँ हैं आदि और फिर उस हिसाब से आप उसको खोज लें। दूसरा यह कि आपको बताया जाए वह कैसा नहीं दिखता है, वह क्या-क्या नहीं है, उसमें कौन से गुण, कौन सी विशेषताएँ नहीं हैं और फिर आप उन सभी को छोड़ते हुए, बाकी बची विशेषताओं के आधार पर उसको खोजें।

दोनों ही तरीकों से आप अंत में उस तक पहुँच सकते हैं। इस खोज में जो दूसरा तरीका 'क्या नहीं है' वाला है, यही 'नेति-नेति' तकनीक है, जिसे अब आप ध्यान में लागू कर, स्वयं की खोज करनेवाले हैं। ।

नेति-नेति ध्यान विधि

- स्वयं को यदि आप स्त्री या पुरुष मान रहे हैं तो अपनी बुद्धि को दृढ़ता से कहें, 'मैं स्त्री या पुरुष नहीं हूँ।'

- ध्यान के दौरान आपकी जो-जो भी पहचान सामने आ रही है, माता-पिता, मालिक-नौकर, अच्छा-बुरा, खूबसूरत-बदसूरत, काला-गोरा, होशियार-बुद्धू जो भी आप खुद को समझ रहे हैं, स्वयं को दृढ़ता से कहें, 'मैं वह नहीं हूँ।'

- जवान, बूढ़ा या बच्चा खुद को आप जिस भी उम्र का मानकर बैठे हैं, कहें, 'मैं यह नहीं हूँ क्योंकि मैं अनादि अनंत हूँ, मेरी कोई उम्र नहीं।'

- आपके मन और बुद्धि के दायरे में जो कुछ भी आ रहा है, स्वयं से कहें, 'मैं वह नहीं हूँ। ना मैं यह हूँ, ना मैं वह हूँ।'

- इस तरह से सभी मान्यताओं को नकारकर उस पर पहुँचने की कोशिश करें, जो आप हैं।

- धीरे-धीरे आप देखेंगे कि निरंतर यह ध्यान करने पर आपके ऊपर लिपटे हुए झूठे आवरण हटेंगे और सत्य स्वयं प्रकाशित होगा।

◻ ◻ ◻

यह पुस्तक पढ़ने के बाद आप अपना अभिप्राय (विचार सेवा) इस पते पर भेज सकते हैं ...
Tejgyan Global Foundation, Pimpri Colony Post office, P.O. Box 25, Pune - 411 017. Maharashtra (India).

सर्वोत्तम १२ ध्यान
Syllabus of Meditation

क्र.	ध्यान – Top Twelve	संकेत	पृ.सं.
1	**कैलाश ध्यान –** कैवल्य, लय, शिथिलता Self@rest		72
2	**स्पेस ध्यान –** स्पेस को आइडेंटिफाय करें, स्पेस यानी अंदर-बाहर का खाली क्षेत्र		65
3	**अलख निरंजन ध्यान –** जो दिखाई नहीं देता, जिसका पता नहीं चलता क्योंकि वह शुद्ध है, ट्रान्सपरंट है		61
4	**प्रतीक्षा ध्यान** (शांति की संतान) – बिना इच्छा के, इच्छा पूर्ण होने का राज़		56
5	**अघोषित ध्यान –** AD dhyan अचानक चलते-फिरते ध्यान		52
6	**हू एम आए जे के मेडिटेशन,** 'मैं, जगत, कुदरत कौन'? Who am i j k		47
7	**नेति-नेति ध्यान** Not this...not that, Neither this... nor that		91
8	**इच्छा मुक्ति ध्यान**		89
9	**सविकल्प विचार ध्यान** (अंतराल के प्रति सजग)		86
10	**जप ध्यान** (CHANTING)	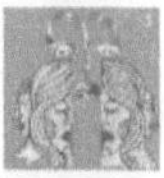	84
11	**साँस ध्यान –** अंदर/बाहर जाती साँस दो भागों में लें...		82
12	a) AHA **साक्षी ध्यान** खुली आँखों से b) विश्वास ध्यान		79

सरश्री अल्प परिचय

स्वीकार मुद्रा

सरश्री की आध्यात्मिक खोज का सफर उनके बचपन से प्रारंभ हो गया था। इस खोज के दौरान उन्होंने अनेक प्रकार की पुस्तकों का अध्ययन किया। अपने आध्यात्मिक अनुसंधान के दौरान उन्होंने लगभग सभी ध्यान पद्धतियों का भी अभ्यास किया। उनकी इसी खोज ने उन्हें कई वैचारिक और शैक्षणिक संस्थानों की ओर बढ़ाया। जीवन का रहस्य समझने के लिए उन्होंने **एक लंबी अवधि तक मनन करते हुए अपनी खोज जारी रखी, जिसके अंत में उन्हें आत्मबोध प्राप्त हुआ।** आत्मसाक्षात्कार के बाद उन्होंने जाना कि **अध्यात्म का हर मार्ग जिस कड़ी से जुड़ा है वह है– समझ (अंडरस्टैण्डिंग)।** उसके बाद उन्होंने अपने तत्कालीन अध्यापन कार्य को विराम लगाते हुए, लगभग दो दशकों से भी अधिक समय अपना समस्त जीवन मानवजाति के कल्याण और उसके आध्यात्मिक विकास हेतु अर्पण किया है।

सरश्री कहते हैं, 'सत्य के सभी मार्गों की शुरुआत अलग-अलग प्रकार से होती है लेकिन सभी के अंत में एक ही समझ प्राप्त होती है। **'समझ' ही सब कुछ है और यह 'समझ' अपने आपमें पूर्ण है।** आध्यात्मिक ज्ञान प्राप्ति के लिए इस 'समझ' का श्रवण ही पर्याप्त है।' इसी समझ को उजागर करने के लिए उन्होंने आज तक **तीन हज़ार से अधिक आध्यात्मिक विषयों पर प्रवचन दिए हैं,** जिनके द्वारा वे अध्यात्म की गहरी संकल्पनाएँ सीधे और व्यावहारिक रूप में समझाते हैं। समाज के हर स्तर का इंसान सरश्री द्वारा बताई जा रही समझ का लाभ ले सकता है।

यह समझ हरेक को अपने अनुभव से प्राप्त हो इसलिए सरश्री ने '**महाआसमानी परम ज्ञान शिविर**' और उसके लिए आवश्यक कार्यप्रणाली (सिस्टम) की रचना की है, **जिसका लाभ लाखों खोजी ले रहे हैं।** यह व्यवस्था आय.एस.ओ. (ISO 9001:2015) प्रमाणित है, जिसने अनेक लोगों को सत्य की राह पर चलने की प्रेरणा दी है। इसी समझ के प्रचार और प्रसार के लिए उन्होंने 'तेजज्ञान फाउण्डेशन' नामक आध्यात्मिक संस्था की नींव रखी है। इस संस्था का मुख्य उद्देश्य है- '**हॅपी थॉट्स द्वारा उच्चतम विकसित समाज का निर्माण**'।

विश्व का हर इंसान आज सरश्री के मार्गदर्शन का लाभ ले सकता है, जिसके लिए किसी भी धर्म, जाति, उपजाति, वर्ण, पंथ, रंग या लिंग का बंधन नहीं है। विश्व के हर कोने में बसे लोग आज तेजज्ञान की इस अनूठी ज्ञान प्रणाली (System for Wisdom) का लाभ ले रहे हैं। इस व्यवस्था के एक हिस्से के रूप में **लाखों लोग रोज़ सुबह और रात को ९ बजकर ९ मिनट पर विश्व शांति के लिए प्रार्थना करते हैं।**

सरश्री को **बेस्टसेलर पुस्तक 'विचार नियम' श्रृंखला के रचनाकार** के रूप में भी जाना जाता है, जिसकी **१ करोड़ से ज़्यादा प्रतियाँ केवल ५ सालों में** वितरित हो चुकी हैं। इसके अलावा उन्होंने विविध विषयों पर **१०० से अधिक पुस्तकों का लेखन** किया है, जिनमें से 'विचार नियम', 'स्वसंवाद का जादू', 'स्वयं का सामना', 'स्वीकार का जादू', 'निःशब्द संवाद का जादू', 'संपूर्ण ध्यान' आदि पुस्तकें बेस्टसेलर बन चुकी हैं। ये पुस्तकें दस से अधिक भाषाओं में अनुवादित की जा चुकी हैं और प्रमुख प्रकाशकों द्वारा प्रकाशित की गई हैं, जैसे पेंगुइन बुक्स, जैको बुक्स, मंजुल पब्लिशिंग हाऊस, प्रभात प्रकाशन, राजपाल ऍण्ड सन्स, पेंटागॉन प्रेस, सकाळ प्रकाशन इत्यादि।

तेजज्ञान फाउण्डेशन – परिचय

तेजज्ञान फाउण्डेशन आत्मविकास से आत्मसाक्षात्कार प्राप्त करने का एक रास्ता है। इसके लिए सरश्री द्वारा एक अनूठी बोध पद्धति (System for Wisdom) का सृजन हुआ है। इस पद्धति को अन्तर्राष्ट्रीय मानक ISO 9001:2015 के आवश्यकताओं एवं निर्देशों के अनुरूप ढालकर सरल, व्यावहारिक एवं प्रभावी बनाया गया है।

इस संस्था की बोध पद्धति के विभिन्न पहलुओं (शिक्षण, निरीक्षण व गुणवत्ता) को स्वतंत्र गुणवत्ता परीक्षकों (Quality Auditors) द्वारा क्रमबद्ध तरीके से जाँचा गया। जिसके बाद इन पहलुओं को ISO 9001:2015 के अनुरूप पाकर, इस बोध पद्धति को प्रमाणित किया गया है।

फाउण्डेशन का लक्ष्य आपको नकारात्मक विचार से सकारात्मक विचार की ओर बढ़ाना है। सकारात्मक विचार से शुभ विचार यानी हॅपी थॉट्स (विधायक आनंदपूर्ण विचार) और शुभ विचार से निर्विचार की ओर बढ़ा जा सकता है। निर्विचार से ही आत्मसाक्षात्कार संभव है। शुभ विचार (Happy Thoughts) यानी यह विचार कि 'मैं हर विचार से मुक्त हो जाऊँ।' शुभ इच्छा यानी यह इच्छा कि 'मैं हर इच्छा से मुक्त हो जाऊँ।'

ज्ञान का अर्थ है सामान्य ज्ञान लेकिन तेजज्ञान यानी वह ज्ञान जो ज्ञान व अज्ञान के परे है। कई लोग सामान्य ज्ञान की जानकारी को ही ज्ञान समझ लेते हैं लेकिन असली ज्ञान और जानकारी में बहुत अंतर है। आज लोग सामान्य ज्ञान के जवाबों को ज़्यादा महत्त्व देते हैं। उदाहरण के तौर पर कर्म और भाग्य, योग और प्राणायाम, स्वर्ग और नर्क इत्यादि। आज के युग में सामान्य ज्ञान प्रदान करनेवाले लोग और शिक्षक कई मिल जाएँगे मगर इस ज्ञान को पाकर जीवन में कोई बड़ा परिवर्तन नहीं होता। यह ज्ञान या तो केवल बुद्धि विलास है या फिर अध्यात्म के नाम पर बुद्धि का व्यायाम है।

सभी समस्याओं का समाधान है- तेजज्ञान। भय से मुक्ति, चिंतारहित व क्रोध से आज़ाद जीवन है- तेजज्ञान। शारीरिक, मानसिक, सामाजिक, आर्थिक और आध्यात्मिक उन्नति के लिए है- तेजज्ञान। तेजज्ञान आपके अंदर है, आएँ और इसे पाएँ।

यदि आप ऐसा ज्ञान चाहते हैं, जो सामान्य ज्ञान के परे हो, जो हर समस्या का समाधान हो, जो सभी मान्यताओं से आपको मुक्त करे, जो आपको ईश्वर का साक्षात्कार कराए, जो आपको सत्य पर स्थापित करे तो समय आ गया है तेजज्ञान को

जानने का। समय आ गया है शब्दोंवाले सामान्य ज्ञान से उठकर तेजज्ञान का अनुभव करने का।

अब तक अध्यात्म के अनेक मार्ग बताए गए हैं। जैसे जप, तप, मंत्र, तंत्र, कर्म, भाग्य, ध्यान, ज्ञान, योग और भक्ति आदि। इन मार्गों के अंत में जो समझ, जो बोध प्राप्त होता है, वह एक ही है। सत्य के हर खोजी को अंत में एक ही समझ मिलती है और इस समझ को सुनकर भी प्राप्त किया जा सकता है। उसी समझ को सुनना यानी तेजज्ञान प्राप्त करना है। तेजज्ञान के श्रवण से सत्य का साक्षात्कार होता है, ईश्वर का अनुभव होता है। यही तेजज्ञान सरश्री महाआसमानी परम ज्ञान शिविर में प्रदान करते हैं।

महाआसमानी परम ज्ञान शिविर परिचय और लाभ (निवासी)

क्या आपको उच्चतम आनंद पाने की इच्छा है? ऐसा आनंद, जो किसी कारण पर निर्भर नहीं है, जिसमें समय के साथ केवल बढ़ोतरी ही होती है। क्या आप इसी जीवन में प्रेम, विश्वास, शांति, समृद्धि और परमसंतुष्टि पाना चाहते हैं? क्या आप शारीरिक, मानसिक, सामाजिक, आर्थिक और आध्यात्मिक इन सभी स्तरों पर सफलता हासिल करना चाहते हैं? क्या आप 'मैं कौन हूँ' इस सवाल का जवाब अनुभव से जानना चाहते हैं।

यदि आपके अंदर इन सवालों के जवाब जानने की और 'अंतिम सत्य' प्राप्त करने की प्यास जगी है तो तेजज्ञान फाउण्डेशन द्वारा आयोजित 'महाआसमानी परम ज्ञान शिविर' में आपका स्वागत है। यह शिविर पूर्णतः सरश्री की शिक्षाओं पर आधारित है। सरश्री आज के युग के आध्यात्मिक गुरु और 'तेजज्ञान फाउण्डेशन' के संस्थापक हैं, जो अत्यंत सरलता से आज की लोकभाषा में आध्यात्मिक समझ प्रदान करते हैं।

महाआसमानी परम ज्ञान शिविर का उद्देश्य :

इस शिविर का उद्देश्य है, 'विश्व का हर इंसान 'मैं कौन हूँ' इस सवाल का जवाब जानकर सर्वोच्च आनंद में स्थापित हो जाए।' उसे ऐसा ज्ञान मिले, जिससे वह

हर पल वर्तमान में जीने की कला प्राप्त करे। भूतकाल का बोझ और भविष्य की चिंता इन दोनों से वह मुक्त हो जाए। हर इंसान के जीवन में स्थायी खुशी, सही समझ और समस्याओं को विलीन करने की कला आ जाए। मनुष्य जीवन का उद्‌देश्य पूर्ण हो।

'मैं कौन हूँ? मैं यहाँ क्यों हूँ? मोक्ष का अर्थ क्या है? क्या इसी जन्म में मोक्ष प्राप्ति संभव है?' यदि ये सवाल आपके अंदर हैं तो महाआसमानी परम ज्ञान शिविर इसका जवाब है।

महाआसमानी परम ज्ञान शिविर के मुख्य लाभ :

इस शिविर के लाभ तो अनगिनत हैं मगर कुछ मुख्य लाभ इस प्रकार हैं-

* जीवन में दमदार लक्ष्य प्राप्त होता है।
* 'मैं कौन हूँ' यह अनुभव से जानना (सेल्फ रियलाइजेशन) होता है।
* मन के सभी विकार विलीन होते हैं।
* भय, चिंता, क्रोध, बोरडम, मोह, तनाव जैसी कई नकारात्मक बातों से मुक्ति मिलती है।
* प्रेम, आनंद, मौन, समृद्धि, संतुष्टि, विश्वास जैसे कई दिव्य गुणों से युक्ति होती है।
* सीधा, सरल और शक्तिशाली जीवन प्राप्त होता है।
* हर समस्या का समाधान प्राप्त करने की कला मिलती है।
* 'हर पल वर्तमान में जीना' यह आपका स्वभाव बन जाता है।
* आपके अंदर छिपी सभी संभावनाएँ खुल जाती हैं।
* इसी जीवन में मोक्ष (मुक्ति) प्राप्त होता है।

महाआसमानी परम ज्ञान शिविर में भाग कैसे लें?

इस शिविर में भाग लेने के लिए आपको कुछ खास माँगें पूरी करनी होती हैं। जैसे-

१) आपकी उम्र कम से कम अठारह साल या उससे ऊपर होनी चाहिए।

२) आपको सत्य स्थापना शिविर (फाउण्डेशन ट्रुथ रिट्रीट) में भाग लेना होगा, जहाँ आप सीखेंगे- वर्तमान के हर पल को कैसे जीया जाए और निर्विचार दशा में कैसे प्रवेश पाएँ।

३) आपको कुछ प्राथमिक प्रवचनों में उपस्थित होना है, जहाँ आप बुनियादी समझ आत्मसात कर, महाआसमानी परम ज्ञान शिविर के लिए तैयार होते हैं।

यह शिविर एक या दो महीने के अंतराल में आयोजित किया जाता है, जिसका लाभ हज़ारों खोजी उठाते हैं। इस शिविर की तैयारी आप दो तरीके से कर सकते हैं। पहला तरीका- मनन आश्रम (पूना) में पाँच दिवसीय निवासी शिविर में भाग लेकर, दूसरा तरीका- तेजज्ञान फाउण्डेशन के नजदीकी सेंटर पर सत्य श्रवण द्वारा। जैसे- पुणे, मुंबई, दिल्ली, सांगली, सातारा, जलगाँव, अहमदाबाद, कोल्हापुर, नासिक, अहमदनगर, औरंगाबाद, सूरत, बरोडा, नागपुर, भोपाल, रायपुर, चेन्नई, वर्धा, अमरावती, चंद्रपुर, यवतमाल, रत्नागिरी, लातूर, बीड, नांदेड, परभणी, पनवेल, ठाणे, सोलापुर, पंढरपुर, अकोला, बुलढाणा, धुले, भुसावल, बैंगलोर, बेलगाम, धारवाड, भुवनेश्वर, कोलकत्ता, राँची, लखनऊ, कानपुर, चंदीगढ़, जयपुर, पणजी, म्हापसा, इंदौर, इटारसी, हरदा, विदिशा, बुरहानपुर।

इनके अतिरिक्त आप महाआसमानी की तैयारी फाउण्डेशन में उपलब्ध सरश्री द्वारा रचित पुस्तकें या यू ट्यूब के संदेश सुनकर भी कर सकते हैं। मगर याद रहे ये पुस्तकें, यू ट्यूब के प्रवचन शिविर का परिचय मात्र है, तेजज्ञान नहीं। आप महाआसमानी परम ज्ञान शिविर में भाग लेकर ही तेजज्ञान का आनंद ले सकते हैं। आगामी महाआसमानी परम ज्ञान शिविर में अपना स्थान आरक्षित करने के लिए संपर्क करें : 09921008060/75, 9011013208

महाआसमानी परम ज्ञान शिविर स्थान :

यह शिविर पुणे में स्थित मनन आश्रम पर आयोजित किया जाता है। इस शिविर के लिए भोजन और रहने की व्यवस्था की जाती है। यदि आपको कोई शारीरिक बीमारी है और आप नियमित रूप से दवाई ले रहे हैं तो कृपया अपनी दवाइयाँ साथ में लेकर आएँ। वातावरण अनुसार गरम कपड़े, स्वेटर, ब्लैंकेट आदि भी लाएँ।

'मनन आश्रम' पुणे शहर के बाहरी क्षेत्र में पहाड़ों और निसर्ग के असीम सौंदर्य के बीच बसा हुआ है। इस आश्रम में पुरुषों और महिलाओं के लिए अलग-अलग, कुल मिलाकर 700 से 800 लोगों के रहने की व्यवस्था है। यह आश्रम पुणे शहर से 17 किलो मीटर की दूरी पर है। हवाई अड्डा, हाइवे और रेल्वे से पुणे आसानी से आ-जा सकते हैं।

मनन आश्रम : मनन आश्रम, पुणे, सर्वे नं. ४३, सनस नगर, नांदोशी गाँव, किरकट वाडी फाटा, तहसील – हवेली, जिला : पुणे – ४११०२४. फोन : 09921008060

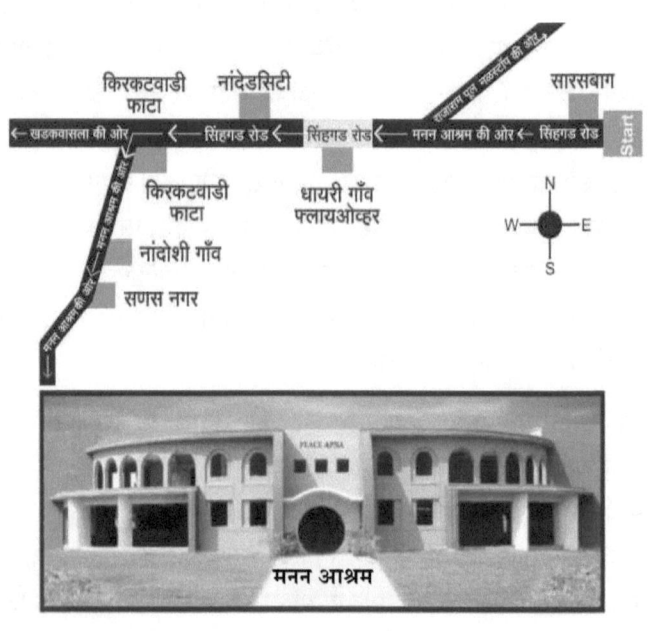

मनन आश्रम

 अब एक ही क्लिक पर शिविर का रजिस्ट्रेशन !

तेजज्ञान फाउण्डेशन की इन शिविरों के लिए
आप ऑनलाईन रजिस्ट्रेशन भी कर सकते हैं–

* महाआसमानी परम ज्ञान शिविर परिचय और लाभ (पाँच दिवसीय निवासी शिविर)
* मैजिक ऑफ अवेकनिंग (केवल अंग्रेजी भाषा जाननेवालों के लिए तीन दिवसीय निवासी शिविर)
* मिनी महाआसमानी (निवासी) शिविर, युवाओं के लिए

रजिस्ट्रेशन के लिए आज ही लॉग इन करें

 www.tejgyan.org

सरश्री द्वारा रचित ध्यान पुस्तकें

ध्यान और तपर्पण

ध्यान, ध्यान गौरव और ध्यान का स्वागत कैसें करें

पृष्ठसंख्या : 136 | मूल्य : ₹ 140

प्रस्तुत ग्रंथ में आप ध्यान के उच्चतम लक्ष्य जानेंगे, साथ ही उसे प्राप्त करने हेतु अलग-अलग ध्यान विधियों का अध्ययन करेंगे ताकि आप अपने स्वभाव अनुसार अपने लिए सर्वाधिक उचित ध्यान विधि का चयन कर सकें।

इसके अतिरिक्त आप जानेंगे ध्यान को स्वयं के साथ-साथ लोक कल्याण के लिए कैसे उपयोग करें ताकि ध्यान का आपके साथ-साथ पूरे विश्व को भी लाभ हो।

संपूर्ण ध्यान

२२२ सवाल

Also available in Marathi & English

पृष्ठसंख्या : 200 | मूल्य : ₹ 195

इस पुस्तक में ध्यान विषय पर केंद्रित सरश्री द्वारा दिए गए मार्गदर्शन का संकलन किया गया है। पुस्तक पाँच भागों में विभक्त है। जिसके प्रत्येक भाग में विद्यार्थियों, खोजियों, शिष्यों, साधकों और भक्तों के लिए अलग-अलग दृष्टांत दिए गए हैं। संपूर्ण पुस्तक में ध्यान से संबंधित जिज्ञासा सूचक २२२ प्रश्नों का सरल समाधान समाहित है। जो मनुष्य के निर्विचार अवस्था को चित्त की एकाग्रता की ओर ले जाता है। पुस्तक के अध्ययन से ध्यान की परिभाषा, इसकी आवश्यकताएँ और इससे होनेवाले लाभ से पाठक परिचित होते हैं। इनके अतिरिक्त पुस्तक में ध्यान की ७ विधियों और ध्यान सर्वेक्षण का विशेष उल्लेख किया गया है।

– तेजज्ञान इंटरनेट रेडियो –

२४ घंटे और ३६५ दिन सरश्री के प्रवचन और भजनों का लाभ लें,
तेजज्ञान इंटरनेट रेडियो द्वारा।
देखें लिंक http://www.tejgyan.org/internetradio.aspx

• • •

हर रविवार सुबह १०.०५ से १०.१५ तक रेडियो
विविध भारती, एफ. एम. पुणे पर 'हॅपी थॉट्स कार्यक्रम'

• • •

www.youtube.com/tejgyan
पर भी सरश्री के प्रवचनों का लाभ ले सकते हैं।
For online shoping visit us - www.tejgyan.org,
www.gethappythoughts.org

• • •

e-books

•The Source •Complete Meditation •Ultimate Purpose of Success •Enlightenment •Inner Magic •Celebrating Relationships •Essence of Devotion •Master of Siddhartha •Self Encounter, and many more.

Also available in Hindi at www. gethappythoughts.org

पुस्तकें प्राप्त करने के लिए नीचे दिए गए पते पर मनीऑर्डर द्वारा पुस्तक का मूल्य भेज सकते हैं। पुस्तकें रजिस्टर्ड, कुरियर अथवा वी.पी.पी. द्वारा भेजी जाती हैं।
पुस्तकों के लिए नीचे दिए गए पते पर संपर्क करें।
* WOW Publishings Pvt. Ltd. रजिस्टर्ड ऑफिस-E-4, वैभव नगर, तपोवन मंदिर के नज़दीक, पिंपरी, पुणे- 411017
* पोस्ट बॉक्स नं. 36, पिंपरी कॉलोनी पोस्ट ऑफिस, पिंपरी, पुणे - 411017
फोन नं.: 09011013210 / 9623457873
आप ऑन-लाइन शॉपिंग द्वारा भी पुस्तकों का ऑर्डर दे सकते हैं।
लॉग इन करें - www.gethappythoughts.org
500 रुपयों से अधिक पुस्तकें मँगवाने पर 10% की छूट और फ्री शिपिंग।

e-mail
mail@tejgyan.com

website
www.tejgyan.org, www.gethappythoughts.org

e-magazines
'Yogya Aarogya' & 'Drushtilakshya'
emagazines available on www.magzter.com

- विश्व शांति प्रार्थना -

'पृथ्वी पर सफेद रोशनी (दिव्य शक्ति) आ रही है।
पृथ्वी से सुनहरी रोशनी (चेतना) उभर रही है।
विश्व से सारी नकारात्मकता दूर हो रही है।
सभी प्रेम, आनंद और शांति के लिए
खुल रहे हैं, खिल रहे हैं।'
विश्व के सभी लीडर्स आउट ऑफ बॉक्स सोच रहे हैं...
विश्व के सभी लीडर्स शांतिदूत बन रहे हैं
विश्व के सभी लीडर्स की इच्छा ईश्वर की इच्छा बन रही है! धन्यवाद

यह 'सामूहिक अव्यक्तिगत प्रार्थना' तेजज्ञान फाउण्डेशन के सदस्य पिछले कई सालों से निरंतरता से कर रहे हैं। खुश लोग यह प्रार्थना कर सकते हैं और बीमार, दुःखी लोग उस वक्त एक जगह बैठकर इस प्रार्थना को ग्रहण कर स्वास्थ्य लाभ पा सकते हैं।

यदि इस वक्त आप परेशान या बीमार हैं तो रोज़ सुबह या रात 9:09 को केवल ग्रहणशील होकर इस भाव से बैठें कि 'स्वास्थ्य और शांति की सफेद रोशनी जो इस वक्त प्रार्थना में बैठे कई लोगों द्वारा नीचे पृथ्वी पर उतर रही है, वह मुझमें भी अपना कार्य कर रही है। मैं स्वस्थ और शांत हो रहा हूँ।' कुछ देर इस भाव में रहकर आप सबको धन्यवाद देकर उठें।

तेजज्ञान फाउण्डेशन – मुख्य शाखाएँ

पुणे (रजिस्टर्ड ऑफिस)
विक्रांत कॉम्प्लेक्स, तपोवन मंदिर के नज़दीक,
पिंपरी, पुणे–४११ ०१७. फोन : 020-27411240, 27412576

मनन आश्रम
सर्वे नं. ४३, सनस नगर, नांदोशी गाँव, किरकटवाडी फाटा,
तहसील– हवेली, जिला– पुणे – ४११ ०२४.
फोन : 09921008060

www.ingramcontent.com/pod-product-compliance
Lightning Source LLC
LaVergne TN
LVHW041534070526
838199LV00046B/1669
* 9 7 8 9 3 8 7 6 9 6 9 8 3 *